U0604281

# 方寸之地

五五诗体一百首

詹澈 著

九州出版社

# 方寸之地的詹澈声势

萧　萧

## 一、谁也约束不了的一匹骏马

浊水溪畔的沙埔地、西瓜寮，不能限拘他。

1987年的水灾可能冲坏了一些龙王庙、非龙王庙，冲毁了彰化的田园、山园疆界，但没能冲倒他。

台东、兰屿的青黄稻野、蔚蓝海岸，那么长，那么开阔，无法捆缚住他。

台北凯达格兰大道那么宽敞、重庆南路一段122号楼前那么多铁蒺藜，却约束不了他的驰骋——他确真认为，地平线是虚拟的。

他是詹澈，詹朝立。

他的诗《方寸之地》告诉我们，他已逝的父亲詹茂城日日夜夜在西瓜园四周堆砌石头，这城垛的围城，曾经是风沙刺眼时含着泪水的，他的诗的梦土与堡垒。

## 二、活力旺盛如野草蔓生于大地

詹澈，台湾"党外"杂志《春风》《夏潮》的"风潮"鼓动者，20世纪70年代"自外"于三大主流诗社（创世纪、蓝星、笠）的《草根》《诗潮》诗刊同仁。这两句话所共同强调的只有一个字"外"：城外、郊外、野外、体制外。

他的职称、职位、职责繁多：台东地区农会推广股长、会务股长、供销部主任、企划专员，台东县文化局、民政局、旅游局专员，台湾农权运动发起人、台湾农民联盟第一届副主席、台湾农渔会自救会办公室主任，财团法人台湾政策研究基金会顾问，台湾地区杂粮发展基金会专员、台湾地区蚕业发展基金会执行长，台湾艺文作家协会理事长、《时代评论》及《新地文学》（季刊）杂志副总编辑、台湾新希望促进会理事，上海华东师范大学两岸关系与区域发展研究所特约研究员。

他写诗，曾获台湾第二届洪建全儿童诗奖、第五届陈秀喜诗奖（1998），以歌咏兰屿的《勇士舞》获颁1997年度诗奖。1983年出版了第一本诗集《土地，请站起来说话》，其后出版的重要诗集包括《手的历史》（1986）、《海岸灯火》（1995）、《西瓜寮诗辑》（1998）、《海浪和河流的队伍》（2003）、《海哭的声音》（2004）、《小兰屿和小蓝鲸》（2004）、《绿岛外狱书》（2007）、《烬再生——绿岛外狱书续篇》（2008）、《西瓜寮诗辑：增订版》（2011）、《下棋与下田》（2012）、《詹澈截句》（2018）、《发酵》（2017）等。

詹澈活力旺盛如大地之野草，春风吹不吹，他都指向云天；写作勤奋胜过农夫的耕锄，春夏秋冬对他而言都适合繁殖、蔓延。

别人解读的方寸是心；詹澈实指的方寸是心，也是地。方寸之地可以是赖以为生的西瓜园，可以是幼时木头钉的饭桌，可以是今日深夜犹在耕耘"插在笔筒里的锄犁犹有磨擦泥土的声音"的那方书桌。

## 三、詹澈匍地亲土，化能为力

世纪交替之际，余光中（1928—2017）说，詹澈长年定居在台东，而且像西瓜一样"匍地而亲土"；他的诗像瓜茎瓜藤，"牢牢地密密地紧缠着那一片后土"。詹澈是典型的传统的农民诗人。

话锋一转，余光中认为，詹澈还是现代知识分子，还具有农运推动者的身份。余光中把詹澈与吴晟做了比较之后，说出真相、真话、真情义："诗人乃民族想象活力之维护者与解放者。诗人的筹码是文字，他的元素是自己民族的语言。他应该认真探讨自己民族的语言究竟有多大的能量，并且试验自己能运用那能量发出多大的力量，以完成多大的功绩。物理学上的'化能为力，运力成功'，对诗人该有启示。"（余光中《种瓜得瓜，请尝甘苦——读詹澈的两本诗集》）

余光中那时就已指出詹澈的诗艺自信。

彼时，詹澈还没有创出他的"五五诗体"。

但他的母亲从小教他"云与星星都是字，会动的与会亮的"，甚至于"野草，都是药……"，一如远古的神农。

很久的以后，2019年10月3日，受江苏省兴化市"水上森林"主人也是诗人的房春阳邀请，参加秋韵诗会，受嘱带台湾的土与水一起浇灌一棵中华诗树。他写成了《浇灌诗树》，印证了他一生的所言所思、所作所为，都在以台湾的土与水浇灌中华诗树，都在以农夫的能量浇灌诗文化的质量，专注于农而不拘于农，一如远古的神农。

## 四、独创"五五诗体"

"五五诗体"创于《下棋与下田》与《发酵》两本诗集写作期间，约当 2011—2018 年之间，他自己提出了五大要求且遵循着：

（1）"五五诗体"与纪念屈原的诗人节（农历五月初五）双五巧合。

（2）蕴含着阴阳五行思维，但不一定切合，也不一定押韵。

（3）每首诗五段五行，不超过五百字。第三段或三段的第三行，可为整首诗的诗眼，或转折或变易，可由虚转实、由情转境、由超现实转现实、由喜转悲、由悲转怒，等等。

（4）语言以新诗创立以来的白话口语流畅叙述，参酌古典诗从唐诗至宋词元曲的长短语句变化，感性与理性兼具，在一个方形与规矩中画着自由与自在的圆。

（5）不是为形式而形式的形式主义，注重诗的语感与美感，且以象征主义的形象思维维系诗的质素。

出版于 2017 年的《发酵》收录了詹澈集中"试写"的近一百首五五体诗。这次出版的《方寸之地》正式以一百首定音为"五五诗体",见证了越是奔放的河流,越需要自我形成的堤防,而那堤防正陆续发展为有力量、能生长的生命臂膀。

"五五诗体"在一定的框架内展示了丰腴诗意。

"他对那种自由的'放任'提出了约束,他的实践'制止'了无边的、随意的拖沓和碎片般的散漫,他把叙事和抒情用相对的约定加以控制。而他又能在一定的框架内,为展示丰腴的诗意而提供可能性。同时,他依然有所坚守,即尽可能保留了他所坚持的'口语是写法的语感'。而且,我认为极其重要的是,它维护了诗歌的节奏感。"

在《詹澈的诗体实验》一文中,著名评论家、诗人、作家,曾任北京大学中国语言文学研究所所长、中国新诗研究所所长,《新诗评论》主编的谢冕教授这样赞誉詹澈的"五五诗体"写作。

有人大力写作十行诗、八行诗,有人鼓吹三行诗、两行诗,有人以俳句为名写他的三行、两行、独行,有人仿古写截句,有人仿洋写十四行。叙事性强、批判性强的詹澈,关怀面广、阅读面广的詹澈,适合发展奇数行特质的奇险效应,适合发展屈原楚辞型的长言长句。

《发酵》发酵了,《方寸之地》梦与堡垒的金瓯巩固了!

老农卖笋、老妪卖菜、驼背老妇种菜、老兵送报、初遇再遇……需要五五二十五行的叙述量。

詹澈的五五诗行是当代的乐府；詹澈是当代的杜甫。


写于 2023 年 5 月 10 日

# 目　录

第一辑

## 方寸之地

第二辑

# 星光一样的名字

第三辑

# 鱼与饼

第四辑

# 路闻蝉鸣

第五辑

# 浇灌诗树

附　录

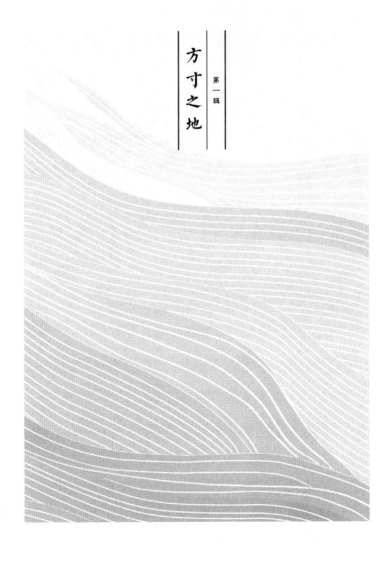

方寸之地

第一辑

# 方寸之地

已逝的父亲又在西瓜园四周堆砌石头
仿佛要筑一个城，他的名字
詹茂城，茂盛的野草徒长着已老的记忆
夕阳下他弯腰的影子，像一个未死的问号
被一个个石头埋进初临的夜色

一个个石头，都是山谷里山掉落的白牙
在西瓜园周围叠成凹凸似的城垛
夜色里像远方山脉被月光凿刻的牙槽
这城垛的围城，曾经是风沙刺眼时
含着泪水的，我诗的梦土与堡垒

西瓜寮铁皮屋顶再盖上带青的刘芒

像我刚当完兵刚长出来钢涩的头发

那时我向父亲做一个敬礼的姿势

向他承诺忘记写诗的梦想，与一次恋情

做一个敬业的上班族，耕地的逃兵


他筑的小小的城，我曾经的梦土

如今是俯首写诗时，书桌上的方寸之地

周围堆起的书，如凹凸有序青砖的城堞

《诗经》与《史记》，露出春秋的黄页与赭红的墙

插在笔筒里的锄犁，犹有磨擦泥土的声音：


"你忘记了你的承诺，你还没有忘记梦想。"

父亲的声音仿佛还在西瓜寮里吃铁盒便当时

筷子扒饭叮叮当当急促的声音，那时我们俯首

在木头钉的饭桌，一块发着饭香与阳光的方寸之地

如我深夜的书桌有光，他在那边看着应已能谅解

# 不识字诗

母亲在病床上喃喃自语，弥留的眼神

睨着晞弱的月色，在窗玻璃外

逐渐模糊的夜空，仿佛有流星划过

那是贴写在窗上的一行诗

一行试图抵挡死神的诗签符咒

"无路用的……"母亲呢喃着断续的断句；

"无路用的符……的诗……"不识字的母亲

第一次说出诗这个字，音和死接近

含泪握住她的手，点头，再摇头

她是一个不识字的诗人，一个旁观者

一个警示者，一个呢喃自语者：

"早去早转世，早去早好命……"

她一面用菜刀割着鸡的脖子一面呢喃

为一次死亡念着祷词，今晨

鸡还忠诚准时地啼唤黎明……这叫醒者

童年的天空，满布着文字

"云与星星都是字，会动的与会亮的。"

母亲在床边呢喃催眠，记忆在梦中长大

"野草，都是药……"，她是不识字的

鲁迅故乡的农妇，她是被传言送出去的养女

是逃跑的童养媳，她是我不是文字的诗

诗是诗人的养女，诗人是诗的童养媳

我在母亲的骨灰坛前喃喃自语；

不是无用的……不会是无用的……

云与星星，都是会动的与会亮的诗

# 盘缠一枝草

一枝草会绊倒人，一枝草有一点露

想着父辈传下来的叮咛

走在不知名的山路上

竟然真被一枝草盘缠绊倒了

不知名的草还开着紫色小花


惊愕跌倒的人，也要能坐着看花

看它努力伸向路边，抬头睁眼

以青涩的声音，提早告知春天的讯息

在山樱花之前，在杜鹃花之前

以惊喜的方式告知我，它是清醒的

它是清醒的，经过寒冬，或野火烧过

再生，再承受整个夜空星光的浇洒

吸足大地惊蛰前的胎气

在叶尖凝注出一滴晶莹透亮的露水

滴落时如山寺一记钟响撞击额头


我是清醒的，感谢这不知名的小草

以一枝草卑微的力量，让我在爬起来时

还能看见身后凌乱的脚印与尘埃

提醒不断匆匆赶路的我，坐下来休息

看它已努力学会开出苦楝树一样的紫色小花


似一条青筋，在大地奔腾血液

它就是我早已淡忘的，鲁迅的野草

我刚抛弃面对风车决斗的长矛

它绊倒我，提醒我必须再捡起武器

用一枝草的坚韧书写野草似的文字

# 啼哭的欢笑

## ——贺卑南裔外甥孙陈宥安2022年除夕满月

以一声嘹亮的啼哭

以人类共同的频率

以地球运转日夜的力量

把一年来疫情的不快与不净

推给太平洋的海风与阳光


除夕夜，鞭炮声如星光灿烂庆贺你满月

提早感知春天到来的迎春花与山茶花

开在通往南王山与都兰山的山路上

牛筋草与铁线草，台风草与含羞草

在时钟草的指针里也知道春天来了

你外祖母的父亲兴建的闽南风格的土地庙前

一大片刚翻新土插新秧的稻田

有汉族人卑南人阿美人共同耕作的粮食

他们的秧苗都以相同距离排列有序

在水面的镜光里彼此尊重


附近的猫山，像猫刚从寒冬里苏醒

山下的卑南溪，是一条交易的界线

卑南溪转弯处，你的祖父母的祖父母们

以小米和猎物在这里与阿美人交换鱼和稻米

贝壳是钱币，槟榔与山猪牙是信物


卑南溪上游红叶谷，红得像燃烧的山，那年

你的祖父的祖父们与布农人化解了二百年仇恨

这些族史与历史，在你的血液里

因一声嘹亮的啼哭，伴随众人欢笑

齐力把一年的疫情推向太平洋的海风与阳光

# 酒喝太平洋

从海岸线回看层叠山脉，已似海浪
在还没有醉成海浪的时候
在中华版图最东边东台湾看太平洋
喝着海风吹过小米酿成的小米酒
微甜中有汗渍盐味，有说不清的香

因为海风，醉了又醒，醒后又醉
从最东边的第一道晨曦前开始喝
喝海洋似的喝，喝海洋的歌
要唱到再看见隔天的第一道晨曦
因为阿美人的朋友娶了卑南人老婆

方寸之地——五五诗体一百首

喝海洋哟，喝—海—洋—喝海洋的歌声

把海岸的海浪唱成山峰的层浪

把山峰的迭浪唱成海岸的浪花

槟榔树密密麻麻随风摇摆

手叉手连着舞蹈也似海浪随风摇晃


三仙台醉了醉到八仙洞，传说的

醉八仙中的诗人，跟着喝海洋

醉眼也能看见世界上最长的一条线

从海岸线看见这世界的尽头

喝海洋，不怕陷阱与栅栏，喝，海洋


海样多的咸与苦，都被酒气蒸发向天

什么时候醉成海浪，什么时候醒成青山

小米酒的甜诱人醉了三天

因为太平洋的风一直吹，一直喝

喝海洋，心就像海洋上遍洒了阳光

# 寓居家猫

在夜色与路灯间流浪的母猫

没有选择地，将她生在废弃的车底下

公猫像车主一样不知是谁不知去向

她的叫声像婴儿啼哭，细长嘹亮

从连夜寒雨中刺进书房窗缝


逐渐凄厉与哀戚，却柔软有力

刺进想尘封与抵抗的耳膜，刺进心窝

母猫看她被抱进我的家门就低头离开

从此相忘于江湖，缘来缘又去，不用牵挂

这寓居的家猫，常躬背看我俯身写诗

偶尔伸脚踏到计算机键盘，屏幕里也有一行

自信而翘起的诗，像她的尾巴

白天用日食的眼珠眯睨门缝

夜晚用满月的眼眶映照窗外

用雪一样轻的脚步走在阳台的雾里


月光雕刻身影如斑纹虎豹，俯身吃草

结扎并系上颈圈，蜷缩在沙发是一坨泥

看见老鼠与蟑螂，已忘记要伸出利爪

也失去大声叫春的本能与记忆

在无形牢房里一只没有翅膀的猫头鹰


只会在戏耍中抓伤我的手臂，条条伤痕

像被刺青，一个刚走出地狱的诗人

还在流动的人生，沾沾尘埃与腥膻

被她婴儿一样的哭声，以一行诗的力道

撞进家门，将心中的利爪收敛为莲花

# 海里都是泪水

——悼台铁 408 次太鲁阁号火车事故中去世的台东乡亲

海里都是泪水

太平洋的风一直吹

一直呼唤你们的名字

不要忘记回家的路，走山线

记得池上的稻田和油菜花

地震在蠢动，台风还没来

故乡龟裂的农田渴望雨水

天空的眼睛布满血丝

海里都是泪水

哭倒的母亲，跪下的海浪

当我唱着那首太平洋的风

一直吹……在清明的路上

听见那一长串撞击隧道的轰响

轰然贯穿脊骨贯穿脑门

这愤怒的子弹，必射向复辟的贪腐


隧道口深邃如人性的黑洞

断崖山壁似血迹赭红的墓碑

缠绵的海岸线啊，是牵魂的白索

不要忘记回家的路，不要回头

天空哭红了眼睛，海里都是泪水


这债，留给我们一节一节地去清算

你们就安心地走吧，是冤魂不是孤魂

每年清明，乡亲都会路过祭悼

以太平洋的风，以跪拜的海浪

以海水一样咸的泪水

# 苦楝花

苦楝花的苦，无意与春天争什么
苦到无苦处，香味也引来群蜂嗡嗡采蜜
紫色花苦恋着谁，还给人间淡淡的清香
孤单地从河岸岩石夹缝茁长，从童年
坐着放牛的地方，一直遥望河对岸

在寒冬俯视河里黛色的倒影
忍住落叶落尽的孤独与苍凉
龟裂的树干，是虎斑似龙鳞
枯秃的树枝，想撑起暗云的天空
天空绷紧脸色，忍尽枯裂冷冽

只为等它吐出紫藤花样淡淡的紫色花

散发出桂花般淡淡的香味

小紫花如繁星点缀在初春的河面

流水流不走的香气，徘徊着

像一个思念的人，总是踯躅在不远处


几个春秋了，只为在苦里闻香

如土地庙旁的寡母，捻香跪拜，再苦

也要让孤儿成材，从庙口走出村口

苦楝树，苦笑着自己的不成材

可再苦，也能让蜜蜂闻香嗡嗡来采蜜


而苦心也能容蝼蚁，夏季雨前

也停过凄厉嘶叫的蝉，那徒劳的高音

把未老的白发猛力往上拔，想穿刺烈日

蝉声往下沉，把苦楝树推远，催老

中年的苦楝树，还苦恋着童年的我

# 相思树

这异乡的山路也有五月雪六月金

五月雪白的油桐花还藏着寒意

相思树已烂漫整座山金黄的香气

清明祭祖刚砍除的五节芒

已冒新芽向端午那边召唤


很久没见过的炊烟，默默弯弯地

升起晚餐的颜色，与饭香的气味

走在这故乡似的山路，从清明向端午

发丝总会沾满相思树花，金黄金黄的

烫着发下半红的思想，半白的相思

记忆，如百年相思树年轮扩散的涟漪……

记得父亲在火碳窑说相思树烧的碳最好

香气不烟不熏不泪，活时吸碳多烧后含碳密

烧成灰，香味还留藏在土里

……像母亲临终前紧握的手温


母亲的骨瓮里放的木碳，就是父亲特别交代

用十年以上的相思树烧的，它的温度

还在骨瓮的表面发着微润的光

而荒废的碳窑，已像古老的圆冢

或似会闪着萤火的已镂空的寺钟


有时思想会像相思树在窑里火烈燃烧

有时会烧成爱情相思至死的灰烬

有时要烧成遗爱人间干净又结实的木碳

被烧尽的年轮，会烧进亲情的骨髓

当走在清明的路上，发丝沾满相思树细密的黄花

# 锯齿下的呻吟

那声音在夜里遥荡几百公里……

摆荡三十年，翻越几重山

似睡梦中翻一个身，那声音惊醒

只是一声嘹亮的鸡啼，箭一样刺破了

窗纸上母亲水印似的逐渐淡化的身影


那声音还在刺眼的晨曦中，如透明的游丝

系着童年，蹲在牛棚边，影子像一只小狗

看着母亲用菜刀在那只公鸡脖子上一划

血丝像针一样细，溅射在地上

她把鸡脖子扭进翅膀把鸡甩在一边

鸡在挣扎抖动，喉咙有咕噜咕噜的声音
母亲蹲在旁边呢喃着（不知谁教的）祷词：
"早去早出世，无来也无去，去了就好命。"
她的呢喃（已逝的）它的呻吟，如游丝，如箭
穿梭三十年好几百公里的夜路，抵达我的梦境

在另一边，父亲用长锯子锯着一棵榉木
榉木呻吟着吐出白黄白黄木屑的血
母亲走过来伸手抓起木屑盖在那滩鸡血上
白黄木屑慢慢渗透出黑色斑块
梦境中走过一片破碎的云层，破碎的意识

电视上又选举了，两个党争吵至午夜场的割喉战
刀刀见骨，再用锯齿，割喉割到断
血泪已干枯，还想以唾沫浇熄彼此失火的家宅
母亲，我曾经走过那片战场，但一直听不见
也已逝的父亲的叮咛，我已是战场边观望的过河卒子

# 除夕前磨菜刀

除夕前太阳也把天空的窗玻璃磨得特别亮
年兽在入夜深处睁着猫的月眼等待什么
它把岁月从头吃到尾，再吃自己
从尾吃到头，吃掉自己，岁给别人
吃掉善恶，也吐出善恶，这端兽

要杀它吗？我看见祖父交给父亲一把金门菜刀
父亲走遍浊水溪找到一块长形宽厚的磨刀石
他用祖父一样的姿势蹲着磨刀，一前一后
岁月的声音，锈过的生活，一来一去
在石头与水、与铁的磨擦中露出光芒

磨着……磨刀石的脊面已凹陷如远方

牛背似的山脊，被月亮磨出雪色

已退出江湖的父亲用这磨刀石磨锄犁镰刀

磨出它们的锐利，磨损壮年的锐气

认命做一个躬身礼拜太阳、影子深印大地的老农


除夕前磨菜刀，是一种仪式

用父亲一样的姿势蹲着磨刀，一前一后

母亲在厨房剁鸡的背影，锅铲的声音

麻油姜爆味，一阵一阵，一年一年

只是，只是想重复磨着家的温度


常以为十年磨一剑，足以斩杀，那端兽

它依旧睁着日夜的双眼，缓缓走来，不轻不重

不善不恶，讪笑我不断用笔磨损自己，在人与诗人

诗人与诗，情与道之间，磨着，磨着

何时能磨出那一道出生前就该看到的，光芒

# 大水过后

大水过后，河床裸露的石头

像洁白的牙齿闪着光芒

沙床也洗净尘垢菌毒，适合再轮栽

有洁癖的西瓜与苦瓜，有洁癖的

云与星星，入夜后总是离得很远


他们趁夜色，挪动夜色一样的身影

挪动岩石上有重量的月光，轻轻浮起

他们分工捡取有用与无用的漂流木

依照月光分别各种树的肉色与味道，树的尸骨

横竖在河床，枝丫突如乱葬岗上的十字架与墓碑

他们围着篝火，烧着无用之树的尸体，低头说话
祭祀可用之树的灵魂；感谢送来一堆堆的财物
火光中闪动他们水声荡漾的歌声，风声夹着沙
他们把可用的木材暂时埋藏在干净的沙里
埋进夜色，覆盖干净的草与月光

他们，我的父母与兄长，夜色将尽时
推着牛车，牛跪爬在泥泞的河床倾身向前走
月光静静地贴在牛背上，如此沉重
压着牛与人喘气的声音，挤出人与牛的汗味
小学生的我，提着便当与水壶跟在后面

大水过后，劫走我们一季的西瓜，老天
也送来一季西瓜等价的大水材的财富，我们
在哭泣中露出勉强的笑容，在静静的夜色里
燃烧篝火，燃烧太阳一样劳动的光，写诗一样
有洁癖地在洁净的沙地上再栽种有洁癖的西瓜

# 磨损欲念

河水日日夜夜磨擦两岸，没有得失

时间在磨损地球，不觉岁月如箭梭

当我蹲在厨房用磨刀石磨着菜刀，声中有焦味

菜刀在时间夹缝里磨出锐利的光芒

磨刀石逐渐下凹出马背的弧线，如屋后的山脊


蹲着磨刀也曾想是伏在马背上奔驰

听见水声如风磨擦耳际与额头

马蹄磨擦草原的皮肤，小草在身后狂呼

马蹄铁磨擦沙漠的发丝，火花在四周飞溅

停下来休息喘气，听见牛在稻田里拖犁

父亲曾用这磨刀石磨过锄犁，紧贴土地的温度

我想磨锄为剑磨犁为刀，复磨剑为笔磨刀为舌

笔在纸上磨出泪水，舌在职场磨蹭泡沫

如何再用汗水磨亮生锈的锄犁，用血灌注笔尖

在名利名利的磨擦声中磨损日增的欲念


黄昏时阳光慢慢磨出月亮

月光很快磨出星星，星光在异乡

磨出浪子眼睛里的泪水，雾在心寒扩散

苦如磨墨于砚，在铁杵与绣花针之间

在厚厚的云层与地平线间磨出闪电


有着马背弧度的屋后山脊，雨夜

常听到羊蹄蹬掘岩石的声音，饥饿在爬坡

在厨房用磨刀石磨着菜刀，只是磨炼自己

能坚持这像写诗一样的手工业，忍住饥渴

在彼此磨擦中如日夜渐渐磨损多余的欲念

# 槟 榔

槟榔，像子弹或橄榄，像眼睛

花开时散发柚子花与曼陀罗花的香味

再高再远蜜蜂都能闻风而来，绕行嗡嗡

这是温暖安全没有农药，雪的花粉

槟榔树长得比桂竹高，比麻竹瘦


比绿竹多节，能把太阳撑得高一点

羽状的长叶连成伞盖，似翻掌托天

她们阿美女人呼叫着宾郎，兵郎

槟榔花开的季节，槟榔是祭典献礼

是爱与性的暗示，它被剖开成唇的形状

是发热发汗与激情的媒介，在冬夜

窜动春的浪潮，初春阴晴难测

它可以祛除邪寒阴疫，以太阳的眼睛

在严寒雾夜，高速公路嘶吼的卡车里

卡车司机嚼着槟榔提神注视红流漫漫


从东部传开，它成为我们劳动兄弟间的唇语

在真血与假血间笑着向土地吐出红色乳汁

槟榔，是药也是毒

形似橄榄，微甜的爱情

结如子弹，痛穿喉舌


宾郎，丰年祭时送给嘉宾的槟榔，给游子

兵郎，退役结婚时示爱的槟榔，给女婿

我都曾经仔细地咀嚼过那滋味

槟榔花开的季节我离开成长的东部

再来看花闻香，两鬓已有雪的花粉

# 记忆的雏形

夜空寂静，记忆以流星的光芒闪现

又以流星的速度消失

几何图形的星座旁边

有一串稻穗似的星群，似乎听见水声

相信，在那颗也有西瓜园的星球里


已逝的父亲正从西瓜寮的窗口，看见

我走在卑南溪边，沿着一排稻穗似的脚印

想着他曾走在夜色降临的西瓜园里

弯腰把一株株西瓜藤拉直理顺

然后又站起来用打火机点火抽烟

打火机的火花咔嚓一声后如流星般消逝

火光留在烟上像流星的尾巴

他手指夹着烟走向夜气浮动的溪边

星火随着手臂左右上下摆动

有时成Ｓ形有时８字形，有时


停下来再走，会像划船一样

划出一个半圆形，举高一点时更亮

会写出一个人字，一个人

就这样走到夜色浓至米浆似的

渗透掺杂着月光与水声，然后才回家


抬头凝望那颗星星；父亲弥留的眼神

他那划动着前进的身影，农民的尺寸

人类劳动的雏形与初衷，无论朝代如何更替

总会以流星的光芒闪现

像陨石一样落印在地球的稻田上

# 记忆秋天

——2017 丁酉年农历闰六月，我父亲有两次忌日。
阳历十月四日中秋，难得与我的阳历及农历生日前
后巧合，以诗记之


母亲用春天的体温抱着我的满月，走在秋天的路上

一路上芦苇甩发，稻穗挺腹倾斜鞠躬

她要去乡公所登记我的户口，父亲在远方

天没亮村口公鸡就叫醒了秋天的天

水牛也提早哞了一声，小黄狗吠跑在前面


正午时一声蝉嘶如孤直不断往上升的钢丝似的竹竿

像母亲说我出生时那一声嘹亮的啼叫

能刺破整村的夜梦……

竹竿上还悬挂着丝线牵引的风筝

芭蕉叶似的风筝，扇子似的手掌，在那儿摇


在那儿，召唤村里出外谋生的游子

中秋了，出去镀金还是镀银总需回来团圆

不要成为在村口附近踟蹰情怯的浪子

认不得家的云，以雨声为脚步

化为水，总也记得顺着村口那条小溪走回家


只要你准时回来，是候鸟也好，总识得季节

它们也一样准时，稻穗与甘蔗会沿着小溪两边

散着香气，勾头礼拜迎接回乡的家人

灯笼花红栾树花黄玉兰花白

像一串串鞭炮花那样迎接着


高的玉兰花与矮的金桂花，相对无言

香味却已传至村口，参差着日夜的村口

迎亲与送丧的队伍来回着，几度春秋

我已中年，必须强颜少年狂，忍着咳

坐上东部工农工农的火车回乡，在秋天的路上

第二辑

星光一样的名字

# 星光一样的名字

## ——悼念台湾五〇年代白色恐怖牺牲的英灵

我们巡视你的伤口

从沟渠、山谷、丛林

至海边、河床和无人再走的小路

从旧书摊、无名的坟冢

至壕沟和废弃的碉堡


检视冷战的痕迹

在那里有白色的、冷酷的

凝结血丝的瞳孔，注视着欲呼口号

而遭迅速枪决、冷冻的、停滞的

张大的嘴巴——那在岛内深深休眠的火山口


谁想在没有两岸的缺口上

竖起独立的界碑

标示没有血缘的主体

使历史的盲点无视一张张叠起的遗书

一个个句点，像一个个弹孔


留在枪决后的墙壁上，像你们

雪亮的眼睛，无畏地注视着远方

早已穿透暗夜，预见黎明的到来

所以我们学习那青春高洁的勇气

学习疏离那循循善诱的陷阱


坚持精神的彩虹，会从大地上

从岩壁的山崖间拱起

汹涌澎湃的时代潮流

已非西方的堤防可以抵挡

用二十一世纪新冷战的针线


无法缝补五〇年代的伤口

马场町隆起的土仑，竖立着无形的高塔

像西山公园的无名英雄纪念碑

阳光下的血汗，月色里的血泪

早已刻下你们星光一样的名字

# 重复的问候

天地无言，常以闪电或雨水问候我们

父辈的农民很少说话，只管俯身躬耕

在田边相遇就笑着问候，如稻穗点头

"吃饱没？"更老的农民这样

问候："还没死啊？""进去一半了！"


重复地走在田边的路上重复地问候

几十年守在田边的坟已像一个碉堡

墓碑是字迹模糊的路标

里面的祖先向远方归来的游子问候

"吃饱没？"出去镀金镀银或镀铁？

游子哟，向从童年追过来的黄狗问候

"吃饱没？"向不再耕地的老牛问候

一路跟着回家的春雨，向久旱的水田问候

"吃饱没？"他听见灌溉似的饥肠咕噜的声音

远远听见村长在广播什么，是另外的问候


似乎又要选举了，村长的眼睛又亮了

然而父辈老农认清那些撒钱当选的官员与民代

偶尔在媒体露面，就嘀咕着问他们

"吃饱没？"重复问候他们的清廉

演戏一样木偶扮仙台上台下，重复地问候


总是向河水问候……没有回答兀自流逝

不如回头向坟头祭拜的祖先问候"吃饱没？"

仿佛听见地底闷哼着不满的回答

什么时候会像闪电或暴雨一样的问候

将天上人间的贪痴与污浊清刷干净

# 夏潮的蝉鸣

## ——悼林华洲兄

从春秋以前，夏商周的华夏

听见初夏第一声蝉鸣，在历史前方

听见夏潮鼓浪，拔尖高亢

在你壮年耳际，劳动者的心跳

奏响铁路工人的悲歌


走在你走过的山路，从泰源监狱

穿过隧道，就看见太平洋

阳光中被水气模糊的绿岛

路上我们哼着绿岛小夜曲

高声朗诵你的诗歌《绿岛野百合》


"戒严"时期被传诵的《绿岛野百合》；

孤独中不失盼望，死寂里犹自呐喊。

给我太阳吧，我需要温暖！

给我星辰吧，我需要方向！

只要我能开花，我就结子！只要种子落下……


在风雨中朗诵你诗歌的《子弹》；

假如我是一只杜鹃，让我为你啼唱！

唱出你岁月中的凄凉，啼出你生命中的哀怨

我要以毕生储存的力量，

作一场简短的演讲……


子弹以一首诗的速度射穿历史的迷雾

闪电的枪声还在空中回响

却听见你走了，像刚走远的雨声

别再为祖国担忧，你嘹亮的诗歌

会如夏潮鼓浪，破浪前行……


**注：** 林华洲曾是《夏潮》杂志编辑、工党与劳动党党章起草人，曾编辑大陆诗选《新诗三十年(1949—1979)》在台湾出版。他发表了很多诗作，其中《绿岛野百合》与《子弹》二诗在当时广为传诵。2022年因病去世。

# 悬　怨

## ——2022年夏经桃园慈湖思蒋家父子

遗嘱蒙尘苔痕绿　只因束发宠美龄

惊涛回望江浙岸　恨退长江失金陵

朝鲜战云暂偏安　父子终老孤台山

遗体未葬悬旧怨　何时回安奉化村


桃园结义在这岛上已是被扭曲的历史笑话

清明到端午，从海峡那边下过来的雨

一直下不停，中正纪念堂里的铜像也流泪了

可怜王孙非隆准，不再思想归不归

内战冷战新冷战，进退失据至选战


经国已经不国，慈湖不慈也不耻

不慈于白色恐怖的年代

不耻于毁华背祖的现代

听不见黄河之水天上来

只听海峡浪涛啐念嗫嚅的泡沫


慈湖涟漪寂寞，心血不再沸腾

等不到一滴激起涟漪的眼泪

激起波浪，跟着风雨走回故乡

魂魄无语，悬怨久候肉体同行同归

……那小小的盐乡奉化村


美人早已西归洋关，历史终将回归中国

中山思想建国方略实业计划

已在故土生根发芽开花结果

迁台的故宫黄金与人才，不会成灰

忠守困守这终难偏安的岛屿


遗恨转为遗憾，遗憾已是遗弃

被遗弃的历史，被误解的身世

只能等待那被尊敬的对手

合璧江山如此多娇，英雄时势

且看今朝，对岸已升起特色的春天

# 酒醒台北

冬寒将尽，早春未来

酡红的夕照燃着微温的火丝

酡红的脸色半醉在台北街头

摇摇晃晃的夜色跟在后面

把影子淹没，把梦拉近


半瓶的金门高粱，发酵过的半生

战争的记忆像风，那么遥远

又似酒在眼前；金门炮战的声音

一堆酒瓶爆破在火烧的碉堡

震动着已半醉的台北

台北，半醉的我如何把你摇醒

多数人用空的酒瓶倒观天空

看弯月如钩，井底蛙的蛙眼

瓶口在风中吹着壮胆的口哨

半醉的我旋转着岛屿的红绿灯


走过不再中正的自由广场走成歪字

听着歪哥的歪歌，听不见海峡的浪涛

心中的岛，膨胀成臃肿的番薯

掏空成没有酒气的空酒瓶

看似亮着硬光却是一摔就碎


半醒的我如何摇醒半醉的台北

半夜里被一阵风被海峡的浪涛惊醒

酒醒的我啊，犹站在台北十字路口

如站在湍急的河中，酒气蒸发

酒醒台北，在冬夜，久望和平的春天

# 观卖甘薯者

## ——在台北二二八公园附近

十字路口转角，很难规定与管制的位置

一团热气在冬夜升腾出早春的暖意

他的脸总是那么模糊

故乡父辈的身影，有时也似雕像

有个位置，就有身份吗？

公园里的雕像，已被历史扭转至何处

没有了位置，就没有身份吗？

这卖薯者老人，用不怕烫的

种过地瓜的手指，从瓮缸里拿出刚烤熟的甘薯

不怕烫伤的，在大都会谋取生存

那曾经喂饱逃难人的肚子
又被逃难的脚践踏
在土里怀孕，在贫瘠的土地生长
叶子流着奶汁，给受苦的人
也能吃着甘甜的甘薯

已有越来越多的变种，基改或非基改
白皮白心红皮红心白皮红心红皮白心
黄皮红心黄皮白心黄皮黄心紫皮紫心
叶子也有菊花心，毒素病翘尾俏种的
进口的，买办的，臃肿的，臭香的

卖薯者移动着生存的位置，在路那边
那曾经逃难的脚能再逃难何方
悬浮着，不甘埋骨在异乡，在历史这边
在异乡的诗人啊，在上海汤包店前
闻到甘薯烤熟热腾腾混有汤包的异香

# 马祖行

## ——与暗空观星协会同行

在岛的最北边最靠近北极星

深夜最深的暗处，一团火抱着雪

斜斜下来……倒挂的银河

如原乡山谷金黄灿烂长长的稻穗

入夜后生出千万只萤火虫


沙滩边长长一排紧密连接的银色子弹

高空岩石上密密麻麻生锈赭红的弹孔

银河，慢慢弯入海湾

像彩虹吸管倒插永远吸不尽海水

涛声很近，炮声已远

方寸之地——五五诗体一百首

没有疆界的候鸟和鱼都来过了

不会流泪的鸟和鱼，也想寻找蓝眼泪

全世界密度最高的战地碉堡

向北最靠海的已是文创咖啡屋

全世界密度最高的坑道，最深的酒窖


看银河寂静深处看出眼泪，孤独的

蓝眼泪，为谁而哭……

妈祖衣冢，碑记妈祖的马祖

千年孝心，牵系两岸

最高的石雕像，最和平的灯塔


最难开花的林投花开花的季节

初春里还藏着北方的严寒

炮壳装置石屋的灯罩，灯下身影

星与星互相交换眼色与体温

牛郎织女在岸边，听见银河的水声


注：暗空协会已将马祖申请为合欢山之后第二个合乎世界标准的观星地点。

# 雪中盐味

## ——2021年冬赴北京遇初雪

飞渡海峡乱流震荡的涟漪

心中犹扩散着夜雾里的秋黄与闷哼

想着古代北方诗句渴喊"盐啊……盐啊"

海风中的盐味就在衣袂散发

当在北京遇见从唐朝以前就来过的

从长城以北缓缓飘下来的雪花

缓缓覆盖过故宫与天坛，历史与传说

未燃的棉花，融尽的雪色

没有重量，洁白清醒

缓解盐味的涟漪与秋黄的闷哼

这亲人一样初恋一样的清纯

融化了心中一块干燥的盐田

融化了冰，融化了冻结的感情

融化了僵硬的思想……

来吧，融化面对新冷战的忧惧


随着初雪走进圆明园，雪就重了

重在肩膀，在脚下有枯叶窸窣

雪中有血味，有焦味

都藏在叠层岩石的眼睛细缝里

雪中开花的百年松柏，争着不想落败的绿叶


寒鸦高啼如儿语

天鹅与水鸭如清末的宫女

想着盛唐的贵妃，如深藏地下的蝉螳

必也闻到衣袂散发的海风盐味

应知春天就在不远的地方，就在眼前

# 新闻潮起文化浪

## ——悼曹景行兄

对酒当歌人生几何

譬如朝露去日苦多


千万青年发梢翻飞红旗的时代

你下放在黄山茶林场，雪尽春芽

千万亩茶叶在你尚青的发际翻飞

在锄犁碰撞的火花里，十年磨一剑

带着初犊的侠气高歌，下黄山


上大学，图书馆苦读铸剑为笔

在历史转折时腰缠羞涩下香江

乌鹊南飞，何枝可栖，毅然化笔为舌

化为浴火凤凰，在旋转的火圈中

亿万人喜见你水漾的微笑

白发童颜壮年男声有磁性

在广东话与上海话之间的普通话

新闻人涵养文化人的观照

中国特色的语调，荡漾多彩的涟漪

磁引着世界亿万华人的耳目


华语电视新闻评论第一人

不说自己不相信的话，不畏风雨

冲在汶川地震救灾第一线，不怕寒雪

大东北民主村，黑土地五常米

用传媒人的良知守护一粒米的良知


老骥伏枥志在千里，第一线的白发人

两岸双城，父职子续，由暗而明

日月为证，山高水深，路途遥远

手机震响……你要走向何方要走多远

如何再在众里寻觅千百度，微信朋友圈

# 杨柳贴金

## ——2021年冬走在北京鼓楼边护城河岸

初雪细飘如初春翻飞的柳絮

依稀听见天安门广场升旗的歌声

雷锋小学做体操的口令，一二三四

小学生哟，稚嫩向阳的

阳光似的声音蓬勃推开严冬的寒气

曾经被一首零度以下诗的风景

风霜着长城与故宫的梦境与墨画

但从岛上雷锋似的童年走过来

衣袂犹有刚渡过海峡的盐味

盐与雪，在手心里融成一朵星花

要走一圈这护城河，看百万雄兵

与历朝君臣，走过这河桥

看百年杨柳躬身排列，吻贴河面

寒冬清晨九点钟的太阳，这看尽

朝代更替的太阳，正升在北京城上


圆圆的太阳映在薄冰的河面，晶晶亮亮

像刚切割出来的芯片

哦，芯片，新世纪的密码

与百年前的鸦片

以不同的方式屈辱着我们


河面柳叶如晚舟，在欲雪未雪

寒霜水雾中已过三重桥，似过了初唐

又已过三重山，回眸那东方的一抹红

刚上升到早上十点钟，那个方向

雷锋小学的歌声正一声一声扬起……

# 隔离思考

窗外，雁影已飞尽天幕

徒留一丛人字形的云

慢慢长成一棵苍老垂须的大树

黄昏前已是一座有檐角的佛塔

在离高压电塔不远的地方


在离它们更远的地方，初雪飘了下来

这呢喃着什么的细雪，由远而近

仿佛听见咒语或诵经声……有人染疫倒下

细雪将窗外倒影埋进记忆深处

刚从梦境醒来又看见这似梦的白花


刚飞过海峡感受气流震波

下机就隔离在防疫酒店

方寸之地——五五诗体一百首

闭关调息，身上还散发海风的盐味

时而吻贴在窗玻璃上嗅着初雪与初恋

的味道，孤独如回到母亲的子宫


回到这想大声呼喊我来了的祖国

像婴儿一样出生时，大声啼哭

或像狼在雪夜的断崖上嗥叫远离的浪子

或邀全人类一起低首忏悔

为那些死于疫情的人诵念祭词


这是一次次对人类欲望膨胀至极的惩罚

戴着荆棘冠冕的病毒还躲在暗处讪笑

哦，如果用盐和雪能杀死它们，不见血的战争

我就将海峡的浪花与北京的初雪

用新时代的狂风将它们吹撒飞扬五大洲


注：2021 年 12 月，受邀至北京参加中国作家协会第十次全国代表大会，因疫情在北京郊区防疫酒店隔离 21 天，窗内观郊野初雪。

# 光刻的名字

## ——2021 年冬谒北京西山公园无名英雄纪念碑

天空无云，人字形的雁队早已南飞

顶着零下五度的寒风北上西山

疫情隔不住人间的阳光，隔不住

你们似近实远的光芒……

那在胜利前夜消失的陨星


海峡的海风犹沾盐味飘在衣袂

亚热带的温度，在发梢翻飞思潮

渴念着贴近你们，你们的名字

在雪白的石墙上，睁着双眼

互相对视，雪一样洁白的名字

阳光刻印的名字，深入甲骨阴刻篆体

汉字的化石，血泪的结晶

一笔一画，迸散火花，数不清

如数不清的弹痕划过，异乡长夜

犹听见枪声响在台北寒冬的马场町


镣铐声夹着口号声在风中游荡

别亲离子赴水火，易面事敌求大同

台北六张犁公墓被土石埋没砖刻的名字

终于用历史真相刻在祖国大地

如鲜草红花开在西山雪崖上


岂曰无声，河山即名

长河为咽，青山为证

寒冬将尽，夜雾渐消

枯树寒鸦都已感知春意水暖

你们将重生于民族复兴的大道上

# 阳光应物

## ——2021年冬北京访谢冕并贺九十大寿


疫情关不住，昌平解封了

诗歌的大佬唱起了童谣

阳光照亮严冬枯草，庭院不深

窗眼洁净，雪意在燕山那边观望

我带着岛上的情怯按了旧楼的门铃


十年再相见，脸色焕光声音一样洪亮

让已中年的人不敢再说老字

想当年，台北峰会金门高粱58

同痖弦郭枫，酒杯上下如舟梭

放胆文章拼命酒，朦胧不朦胧……

放眼看，阳光无言应长万物

心量与思想，自由而有序

讨论一本小说，在小说的时代

常说不尽一首诗的意境

诗，以最少的文字直指人心


诗人是时代前进的号角

或迎亲与送葬的唢呐

叙论赐教，只言新诗最后的底线

那在语言文字间起伏的内在节奏

那麻婆豆腐，辣在严冬蒸腾的人间


豆花汤与清蒸鱼，林莽独爱

以诗探索真味，以诗应物

诗心如镜，情景相映

自在于唯物与唯心之间，已过九十春秋

疫情过后，愿携手欣见民族复兴的风景

# 石头的眼睛

——2021 年冬与台湾保钓先驱、清华大学物理学
教授吴国桢游北京圆明园有感


门口放红歌，这是世界上最大的一个党

届龄一百岁，一百年前

从圆明园的烽火耻辱里

在严冬的冰雪下冒出新芽

彻底摆脱所有不平等条约的枷锁


前后百年建成的宫殿，岩石参差楼阁

东方融合西方，从草原雄健快马而来

至垂帘腐败而衰，千树万花莺声燕语

烽火下一夜之间化为灰烬，更不堪

拟想，二千年前阿房宫三月烽火

徒留不死的岩石，犹睁着未闭的眼缝

烽火加岁月熏黑的眼眶与裂唇

额头脸颊在严寒里透着欲言的赭红

湖面冷静薄霜，天鹅雁鸭荡漾

香妃亭里袅绕无名花香，潜藏怨气


尚听见雨果雕像大声斥责英法联军

请站起来，再控诉新冷战新八国

以刺刀和枪口呼喊虚伪的民主人权

不同的时代，同样的炮火

摧毁伊拉克与阿富汗千年古迹


军火商与霸权的欲望，还在地球上到处燃烧

如燃烧在圆明园不死的岩石里，那温度

能烫伤游子灰白的额头，沸腾着思潮

在严冬未尽已先感知早春水暖

呵……初唐的诗风正吹荡着我俩的白发

# 广场看鸽

这还是新世纪初的初春

被人类欲望驱赶出来的瘟疫

想以夜雾的身影留存寒冬

这瘟疫戴着刺猬的冠冕

欲以君王的旨意重新诠释自由


无数勇敢狂喊自由的人

都已丧命在刺猬冠冕的讪笑里

广场上散落的人群，瑟缩着

以冬天的口罩封住春天的鼻唇

欲言又止，这不是真正饥饿的时刻

一群曾经被疑惑带有禽流感病毒的

咕噜鸣叫灰白相间的鸽子

音符一样跳跃啄食逗点似散落的进口玉米

它们或争食或争偶或争执什么

看似庆典上被放飞失散的自由鸽


仔细寻找那只曾经飞渡海峡两岸的赛鸽

从蓝色牢笼努力飞向另一个绿色牢笼

也许已被半途细网的陷阱捕获

被烤成菜鸽放在喜宴或丧礼的餐桌上

犹睁着望向家园的眼睛


曾经在这广场指挥十万农民，匆匆已过

恍惚似昨日，高喊自由民主的党也游行完了

如何寻找或赎回那只获奖的赛鸽

自由广场里已不再自由的铜像的人

徒留未入土的尸身，抵抗自由扩散的瘟疫

# 雪 隧
## —— 台湾蒋渭水公路

在雪隧与雪坠的诵念里

祈祷雪坠吧，真正能下一次大雪

大雪连接到海边，海浪凝固成蕾丝绳边

我们居住的岛屿仿佛穿上未婚新娘的礼服

所有的争吵与不快，暂时都按捺下来


仿佛那样才能真正地冷静与清醒

认真地看一次蒋渭水医生的传记

他的一生，像一条公路，一个隧道

连接两个时代，穿透历史的障碍与迷雾

在黑暗中看见远处一点慢慢靠近的光亮

听到这岛屿先民的歌谣，丢丢当仔

像水滴一样，眼泪一样，在笑声中含泪

火车如水声，如笑声列列穿过隧道

劳动的、前进的、抗日的、祖国的、和平的

名字里的水，水中的名字，像线一样穿过针孔


这隧道是那么长，年代是那么新

经过八次通车典礼，八年的任期

经过一个不孝政客的笑剧，才通车

雪山在上面冷峻地忍耐地俯视着

人类欲望再次贯穿原始的母体


这边已是人口爆炸的新都市，大厦高耸入云

那边是水田镜面上穿破出一栋栋春笋一样的豪宅

渔民的捕鱼区被太阳旗驱赶着，在海上漂浮

在雪隧与雪坠的诵念里，在光明来临前

祈祷雪坠吧，在冷静与清醒的公路上

# 校 歌

小学校深藏在山谷森林里

像草丛里盘结的鸟窝，小小的

划着白线的运动场，像有温度的鸟蛋

阳光透明，直射在操场中央

像逐渐煮熟的金色蛋黄


操场喇叭远远传出下课休息的歌声

是一甲子前就听见的《送别》

"长亭外，古道边，荒草碧连天……"

记忆深处即翻涌出难言的情境

后来村里送葬的乐队也常奏起这首歌

小学生越来越少，将被裁撤的小学校

正大声放送着《送别》，而七月的老凤凰木

盛开着满山满谷火红艳丽的凤凰花

"青青校树……"的毕业离歌

含着泪水，在小小的，星星一样的童年


不想回家而忘了回家的人，停在校门口

不禁大声唱起"青青校树……"，越唱

凤凰花越红，太阳西斜了

眼眶微湿了，这时代，大部分人

都忘了怎么唱校歌


毕业后社会有一所社会大学

大自然有一所更大的大学

谁会唱那些校歌

谁来教我们合唱

那首大自然的校歌

# 秋天的口罩

## ——为 2020 年 11·22 反莱猪"秋斗"游行而写

我们已被冬天的寒蝉效应

封住夏天未喊醒的口号

以五万人游行的队伍

队伍飘扬各社各色的旗帜

志工移工劳工退公塞满整条街


走出一个三公里长的大问号

我们是猪吗？？？

被迫被骗去吃莱克多巴安的毒

这岛上婴儿出生率降至世界第一

失眠症忧郁症洗肾癌症世界第一

我们还要吃莱克多巴安的毒吗？？

还没进口就开始封口，我们不准说

我们吃两种毒贻害子孙：

天价买武器吃着战争逼迫的毒

以最快的行政效率自愿吃莱猪的毒


他说东可以，我说东不可以

你指鹿为马，我必须认黑为白

睁着眼睛说太阳是绿色的，因为环保

而堡礁已由绿转黑，挖掘机正在开发

二氧化碳滚滚浓烟世界第一


我们戴双重口罩防止人性与新冠的病毒

防范政客带谎带黄喷射的口臭

游行会走到终点，但最大的问号

还留在影幕里，在天空，在我们的阴影里

秋决的肃杀，会冷向不明的春天

# 牲礼祭品

山谷里被树丛围绕的村落像一个鸟巢

飞出去觅食的鸟儿们一直没有回来

有时雾来了，鸟巢就像蓬松的鸡窝

只剩母鸡们守着孵着，对着猛扑下来的老鹰

群起张翅眦眼尖喙的聒叫……


农历二月二龙抬头，福德正神土地公圣诞

木偶戏演了一下午，藏镜人像躲在云里的老鹰

死过的木偶又出现在戏台上，仿佛不死的季节

不死的，如人类的政客，在台上摇摆

看戏的人照样把牲礼祭品安放在桌上，插着香

没脚的鱼两脚的鸡四脚的猪合为三牲

猪头张嘴咬着一个柑橘，想说话又说不出来

老农民叫它"咬柑仔"，称自己是"地瓜仔"

木偶戏里敌我意识与仇恨如烟雾熏陶

鞭炮与锣鼓声，战争在远方，瘟疫在身边


石油一涨价，祭品与油箱钱就减少

生活更艰困言论更紧缩，民主资本再论价

游客少了，失业的路边摊却多了

政府税收少了，战斗机却买更多了

谁知道什么时候战争会来到我们身边


谁会是战争的牲礼祭品，谁会是幕后藏镜人

咬柑仔与地瓜仔的后代，那些飞出去不回来的

在外面镀金镀银镀铁的，当兵与逃兵的

回来看看庙口与坟前的牲礼祭品，还睁着眼

看看挂在戏台后的木偶，会是如何复辟的

# 窗 外

## ——悼健民兄

窗外

应该是南风徐徐的春望

却一直下着秋决似的蒙蒙细雨

更笼罩着厚墨的浓雾

窗外，历史的眼睛含着泪水

看着你躬着身影

伏案书写历史的断章

凝视你躬着身影

在灯光下清洗我们的牙床

在灯光下分析台湾的社会性质

你用毕生的精力，用笔

撑开历史被封闭的隙缝

填补上台湾历史被刻意拔掉的门牙<sup>(注)</sup>

缝补两岸历史的缺口。但历史的白牙

还反咬这后冷战正在转身的尾巴


政客的蛀牙带着口臭，用扭曲的唇舌

向我们喷洒口水，口水弥漫已淹没一个岛

岛上喧嚣的没有硝烟的战争

在民主与自由斗鱼般互咬，矛盾的殃池里

窗外，持续下着蒙蒙细雨……


海峡波涛汹涌，总会听到一声汽笛的长鸣

或号角嘹亮的声音……

我们知道春天真的快到了

窗外，已亮起黎明的一道光

可以看见一条被修整宽阔的历史的道路


**注**：曾健民牙医师数年来业余奔走于两岸，自费搜集了台湾缺少的 1945—1949 年光复
初期两岸一家亲的珍贵历史资料，并苦读著书出版，是台湾唯一全面研究此段历史
的医生学者，其著作填补了台湾光复后近代史的空白。

# 行进中的粮食

## ——2020 年春山居见蚂蚁列队搬运粮食

佩服与惧怕，那戴着刺猬冠冕的病毒

它与死亡一样能穿透平等障碍，如季节轮替

不分种族贫富，不管你是否握有世界最高的权力

它从身体外面侵入，如针刺穿气球刺入细胞

刺破政客不断吹出谎言的泡沫，势如破竹无声扩散


而从身体深渊往外触击的，饥饿与欲望

如何在人类创意的制度中，平衡与平等

如何用政治经济学计算，与分配

当地球粮食生产过剩还有近十亿人处于饥饿状态

当粮食不足期货与油价开始上涨

于是，战争就像在门后窥视的死神
"大兵之后，必有荒年。"
在战争背后窥觑的，欲望的标签；
那高声质询与私下窃语盘算的军火商与粮商
石油大亨与政客，数着美元从战场边缘缓步走过


而它们，红黑相间的蚂蚁，成群成排分工有序
在入冬雨前，在生存的战斗中，在人类脚底下
比人类还早学会储存粮食，学会分配
缓慢行进中的匆忙，触须脚趾交换着语言讯息
在家与巢，巢与穴，在生与死的路上


仿佛看见缓慢行进中的坦克与军队，消失在沙漠
看见抬着棺木缓慢行进的队伍，走进森林
它们要走向何方，能再走多远
我们要走向何方，能再走多久
当蝗虫遮天，饥荒与病毒，战争与腐败同时暴发

# 候鸟与春鸭

站在山顶大声呼叫她的名字

……云啊……声音遥隔五十年

小学同学中最早因为贫穷辍学外出谋职

再听到名字时已在墓碑上，是谁刻的字那么深

呼叫声无力地骚动着不想离开的浓雾


想要寻找归与不归如候鸟与春鸭的同学伙伴

必须学习白鹭鸶与黑面琵鹭，或绿雁红鹤

绕行半个地球，沿着镀金边的海岸线

看尽各国的港口形状像它们国家的象形文字

看过油轮在石油战争中摇摆插换各色国旗

谁比油商与军火商更敏锐股票与战争指数
他们是假扮成候鸟的秃鹰，在障眼烟雾中突击
几颗导弹就轻松回收印发出去的美元，如扫落叶
那些因气候变化迁徙受伤的候鸟，听不到哀鸣
那些被资本游戏耍败的小资小商，用翅膀走路


三十年才彻悟的伙伴们，已不敢任性翱翔天际
镀金的海岸线已是河边芦花迤逦的白色栅栏
他们像春鸭以脚蹼在水下滑动潜行，不接近鱼饵
比惊蛰更早触觉春意，比春雷更知水温
比云……藏得更深


比云啊……活得更久，我的竹马已朽
而她一枝青梅还在心河浮沉……藏得很深
不觉深至我思想的深处，她绑着马尾的红布巾
从记忆结节处松开来，成为一面旗帜
在逆风中噼啪噼啪响，不知何时会响成帆与幡

# 穿透平等

## —— 新冠山居有感


是否是几千年前一个被历史遗忘的国王

他冤死的魂魄游离藏匿于虚无

等待人类欲望更大的一次失控

点燃他积存的怨怼化为魑魅魍魉与瘟神

戴着布满荆棘的冠冕，假扮春神降临人间


他终于看透人类无法驾驭自己的欲望

只能发明一次又一次改变的制度原谅自己

用各种翻新的语言解释自由人权与民主来掩饰谎言

赢的国说着赢的傲语输的人嗫嚅着泡沫

贫富不均与种族歧视是一种长期隐疾

他想帮人类解决惯性谎言与难言的隐疾

要穿透人性的迷障宣示与死亡等距的平等

在超级显微镜下看见他哭丧着笑容

水沸火焦的色彩，细胞被袭刺

听见泡沫爆破如一颗星芒消散在宇宙深处


如一颗带刺的松果掉落在寂静的深山

带着雷声的雨珠撞击午睡的额头

哦，山上闭关修行的老和尚

过着真正无产而又真自在的生活

请开示我平等穿透人性无分别的正等正觉


而，山上"原住民"老巫师说，祖灵再来叮咛

吃槟榔，吃槟榔发热发汗杀死无形病魔

她也过着真正无产而又自在的生活

这世界已被新冠肺炎病毒瘫痪，政客倒一片

她夜晚的窗灯常亮在老和尚半睁半闭的眼缝里

# 枪 声

## ——敬悼陈明忠先生

岁月如梭，比子弹还快

穿过记忆的隧道，枪声

从埔里追过来，你的二七部队

如流云越过溪水，藏匿在深山

枪声在远处，历史的脚步没有一刻停顿

一次阅读，一个思想的翻转

你毅然不顾家富的家父

加入当年青年社会正义革命行列

放下农学院的锄头，放下一时的温饱

带着饥饿与枪杆，在山区流窜

白色恐怖的罗网，碎散稀疏的红星

二次入牢二十一年，无悔无悔

眼神坚定，心寄和平

手铐脚镣，无视严冬

牢壁挡不住春天


多少同志在凌晨迎着朝阳被枪决

临刑的口号犹刻在记忆的深墙

伤口挖出的子弹早已锈蚀，而

枪声，还在魂绕……

历史还等待着一次洗礼


无悔，就没有遗憾

生前已看见崛起的潮浪

身后将竖立新世纪的标杆

牢墙挡不住的春天，阳光的手指

会缝合分裂的历史

# 烟火迷障

云走出山，带着冬天的衣服

走过山谷间的高速公路

就换成春天披着薄纱的茫雾

农民在春耕前烧着田里的干草

烟雾，像远飞的炊烟


村里远远响起放鞭炮的声音

农民为从军的儿子举办婚礼

大卡车装饰的舞台歌声传得很远

紧接着烟火咻咻地在空中炸响

电视里，正播放中东的战火……

同样的鞭炮声，响在清明的坟场

同样的烟火冲霄在庆典的夜空

迎亲与送葬的队伍，在路上交会而过

战争与死亡，在电视上一闪而过

战场的文字与死亡的数字比肩而行


火药无罪，诺贝尔用文学奖赎罪和平

欲望，是欲望

是欲望让民主更自由

让执政者在败选边缘制造民调发动战争

让军火商的利益在胜选者背后升高预算


宁愿减少妇幼与弱势者的预算

也要举债购买三代战机，并硬说不怯战

是权力与利益燃烧着欲望

欲望的烟火，如迷雾与幽灵

游荡在农民春耕前的土地上

# 海浪交会的弦线

## ——听台东同乡胡德夫在海南两岸诗会陵水海湾歌唱

我看见地图上的岛屿慢慢转过来

一架黑色钢琴的形状，在你座前

背景是故乡的都兰山，也是

笔架山，也是这里的五指山

……都是先民心灵里的圣山


仿佛圣歌，从圣山，从深山地底

从海洋最深处与最远的海岸那边

……太平洋的风……真的被带过来了

从分界洲岛那边，与印度洋的风

握手、拥抱、接吻，然后回转

云层匆匆路过海市蜃楼的岸边

无数的风帆与风幡飘扬在椰子林上

……郑和下西洋时远远航行的船队

天上的星星仿佛那些未归的水手或逃兵

用寂寞的眼光祝福我们朗诵诗歌


海浪跪吻，歌声带出眼泪的时候

肝与胆在心跳与呼吸之间相照

我想到消瘦的台湾与圆肥的海南

历史映照的珍珠与玛瑙

会镶在"一带一路"这条项链的哪个位置


如果真的可以用五指山的手指

从地图上把岛屿慢慢挪动

像下棋一样，或者像

压着琴键猛放开手指，歌声雄浑扬亢……

歌声以两洋交会的弦线把我们绑在一起

# 淡江遗音

## ——敬悼津平兄

嘹亮的校园民歌，还在耳际回荡

青草地上的草，还顶着我们

往上跳喊又往下顿坐的重量

还压着我们的体温

而你已走远了……


青壮的兄弟，挽手围唱着《老鼓手》

唱着，唱着……也都中老年了

而不会老的青春，如淡江淡海

如汹涌不停的时代风浪

已升起我们翘首企盼的飞扬的旗帜

再唱那一首,《思想起》与《少年的中国》

以民谣民歌连接的,海峡两岸

或有夜雾与迷障

不用再担忧,放心地走吧

时间会站在你走过的这边


北投温泉的风烟,历史吹不散的记忆

走过的山路与校园长廊

从河岸一直蜿蜒至海岸

淡水河口含着纸贴般的落日

夕照燃烧云纸,灰烬向黑夜沉沦


而对岸长江口正迎着龙珠似的朝阳

滚轮似的沿海岸一直腾腾至黄河

这《一条大河》的激流,从心底往上冲

你嘹亮的歌声,一路持续往上拉拔,不会停顿

不回顾,放心地走吧,东方红已遍照地球

# 烟 味

## ——2019年台湾蔡英文当局外事专机走私烟有感

美丽的记忆与想象，有一条弧线

已如烟屎的灰烬弹向沟渠……

曾经与同学少年在操场边缘，仰望太阳

与当兵班员在营地角落，影子叠着影子

我们一起用鼻孔喷出烟雾如画


用嘴巴吐出一圈圈涟漪

烟味在空气中荡漾，她的眼睛

美丽的记忆与想象已如

火力发电厂烟囱上的黑烟

在弯曲着一种燃烧的不满

我们是一群被冒犯的乘客

他们像在公交车捷运内公然群聚抽烟

我们只是动画里的傀影，不存在的选票

空间与空气是他们的，他们的特权

睁眼空茫无物，烟味与口沫弥漫


沿着暗夜的烟味一路寻觅

《诗经》里那只贪婪的硕鼠，三岁贯汝啊

灰色的尾巴像烟屎夹在墙缝里

墙内弥漫着酸腐的汗臭味

传出女女男男灿烂彩虹般的笑声


我们增缴的税，被取巧转换为

多余的过路费与过夜费，他人只是微笑看着

这早已食髓知味的瘾癖，痼疾

这烟味的余臭，从白天穿过暗夜

已是历史污点凝聚成的结石

# 烟 屎

## ——2019 年台湾蔡英文当局外事专机走私烟有感

夜空中的专机，一颗会走的星光

带着过路费与过夜权

消失在太平洋彼端

渐晞的星光，微笑的眼神

夜色中闪熠的烟屎

想起父亲蹲在西瓜园抽烟，夜深了

烟屎像萤火虫闪烁，谁疑惑的眼睛

像星光被定格在河里，完税的印花

想起兰屿达悟人长老，坐在核废场边

用日本"枫"烟的烟屎烫着螃蟹的螯足

绿岛牢房曾经囚禁思想政治犯的友人

他在"戒严"与戒烟之间思考左与右

囚窗外的星光，像烟屁燃烧余烬

心中不熄的烈火，等待余烬再生

星星之火，他渴望那星星之火如一滴甘泉


"解严"三十年了，还有一大堆烟屎尿

堆积在特权的仓库里，不断增生

欲望的权力，上瘾的癖痂

在烟雾弥漫的密室里，彼此交换狡黠的眼神

女女男男如星光灿烂，玩同样的游戏


戒烟三十年了，我还看见食拇指间的烟痕

那种依赖的姿势与心理，在影子里

从个人到一个政权，同样的感受

花更多的过路费与过夜钱，难有愧色

手夹烟屁的余烬，不松手，能坚持多久

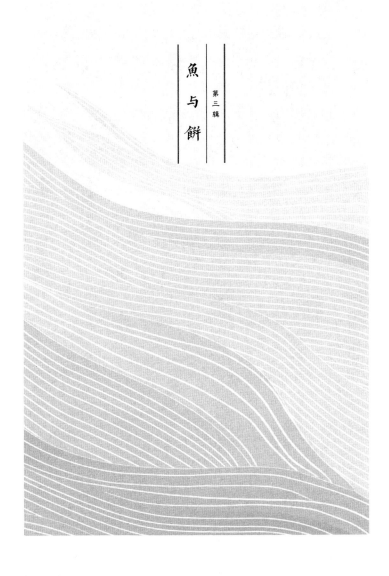

第三辑

魚与餅

# 现代化蛋鸡场

太阳不用唤醒她们

她们彻夜难眠，被驯化的母鸡们

灯光下危机感可以增加下蛋数

星光与路灯微亮着怜悯的眼

蛋鸡场在水稻田中央，夜灯

是夜色里泛黄的蛋黄，天亮时

蛋白是周围二百公尺渐亮的稻穗

稻香味淹没了鸡屎味，鸡屎里

净得没有一只虫，药味完全杀菌杀虫

麻雀与鸽们惧怕地保持着距离

她们听说双雌鸽下蛋数高于雌雄同笼

是少了那些没有必要的干扰吗?

但她们都不是同性的同志,它们

却是后现代化自动化标准化的数字

在不自由的囚笼里自由地下蛋


与速度比快,是量变已质变异化能量

给人类,在透明的阳光下,荷包蛋

蛋黄像旭日重叠落日

蛋白是鱼肚白的黎明照着雪原

眼珠与眼白,日或月


看不见,胚胎如蝌蚪

被封闭的两极与阴阳,在夜色尽处

远远地,响起一声绝响似的嘹亮的

公鸡的啼叫……真希望能唤醒她们

久远的似已完全消逝的记忆

# 进汽车修理厂

秋天，我已秋天的年龄

开着二十年的老车，以壮年的速度

下山，抖掉车上的落叶与尘埃

这半生，握过的方向盘，左右旋转

总是难于握住未来，零零落落


零零落落的零件，逐渐松垮的身体

医院与家家与医院，来来回回

这老车也舍命陪着，也得

进它的医院检修检修，还能跑多久

多远，能照见多远的夜路与陷阱

汽车厂近了，闻到油垢与锈铁的味道
常想起我两个开卡车的哥哥
大哥开并装野鸡卡车在大雨中车祸去了
父亲忍痛退出江湖在溪边垦殖西瓜
躬身弯腰，做一个敬奉天职的农夫


二哥改开挖掘机拖车，在城乡工地来回
他们常使我思考政治经济学的问题
但我已不是青年马克思，以秋天的年龄
如半山腰逐渐转红的枫，在风中有声
在刹车声中惊醒，一个欲望的陷阱


黑手师傅说，从车子内外可以窥车主的身心
这与身份价格没有一定关系，这是治疗
累了，总有累了要休息的时候
在秋天，总会闻到冬天后面的味道
这后半生，握住方向盘，继续往前走

# 又遇比丘尼下山

山谷云门打开，天光微明

走在山村的鸡啼前，走在农民身边

钟声，与她一起走出山门

我们总是在村口或公车站牌相遇

似乎都是在春分与秋分，总是有雾茫

在那两个季节转换的路上，总是匆匆

死亡的人特别多，她说；

流感病毒等瘟疫，魑魅魍魉

与死神，与黑白无常特别忙

助念诵经超度的也一样忙，总是牵挂

遇到贫穷人家就义务诵经，总是沉重

经济好的就随缘，近来景气越差

上天似乎想向人说什么，紧缩着喉咙

与口袋，寺庙都明显少了油香捐款

僧尼常下山到处化缘乞食，如候鸟


如候鸟，总是在春分与秋分时匆匆来去

如握春秋之笔的诗人，在生与死的路上

如何为生的喜悦诵念祷词，面对婴儿

为死亡节哀书写悼文，面对历史

面对自己的善恶是非，面对不离不语的影子


面对无法断根的欲望与饥饿，就下山化缘她说

面对忏悔惭愧与受辱时让人学会转消烦恼

早已忘记自己曾是个弃妇，只知课诵与静修

如水溶于水，光映于光，音入于声

为死者诵经时常随着声音使自己死去又回来

# 石材店

在几乎被遗忘的小镇，更多被遗忘的人

转弯处山上有几处墓冢，等着未到的人

石材店像一块路标站在山的入口

偶尔经过店门口会看见幽暗里迸散的火花

那是他在里面锤敲着石块，声如磷火或荧光


偶尔坐着聊天，我们在石头与墓碑之间

在生与死的路上，季节换色如衣服

迎亲与送丧的队伍来来去去

喜乐与哭声，伴随相同的乐器，他说

唢呐与喇叭，叫着笑着名利名利

有时对着刻好的石像说话，期待顽石点头

最常靠着刻好的墓碑午睡，靠着死亡

而能生存，从石头的温度

体会着那个人的名字与贫富

可以听见昨日的笑声还藏在名字里


你来锤敲试试，在火花与石粉味弥漫中

在刻划别人的名字中忘了自己的名字

几十年刻过数不清的墓碑，如闪电刻划大地

在忘记别人的名字中记取自己的名字

用手在纸上写诗能如此吗？都是手工业


用粗糙的双手，从旧石器

走向新石器，从甲骨文到篆体楷书

这石材店，是我路上学习的私塾

在锤敲字句的潜在欲望里

看见磷火与荧光，也看见星芒

# 洗衣妇

记忆是一条触摸不到，却震颤的

最长最远如闪电白里绣金的线

它从书桌窗口，从午梦里切开我

尘封五十年的一封信，没有收信人

学生时代的我，为一个不识字的洗衣妇写信


写给那已死于八二三炮战的儿子

说阿母很好，要吃饱穿暖……泪眼模糊信纸

记忆在阳台洗衣机轰轰的声音中消失

历史，像她用农民粗糙的双手，上下

左右搓揉捣捶，已褪色的衣服

像改朝换代一样翻转清洗

已经改朝换代的衣服

不识字的祖母用冬天龟裂的手掌（像台湾地图）

洗着祖父不想换掉的清朝的棉袄

洗着父亲日据下小学生的制服


不识字的母亲用冬天龟裂的手掌（像浊水溪河床）

洗着大哥民国后常备役的军衣

洗着我初恋穿的白色香港衫

……历史常清洗掉应该记得的历史

像洗机洗糊了衣服口袋里的一封信


记忆会在历史的雨水里生锈，腐蚀

必须捉住那闪电一样白里锈金的线

像用手用力洗衣一样地用手写诗，用文字

上下左右，搓揉捣捶，像写一纸投名状

闪电一样镌刻在星空，与岩壁

# 老茶师

蹲着，眯眼看煮水的火，嘟嘴吹气

侧影像那想要张嘴说话的茶壶

脸色在八十岁的黄里藏有六十岁的赭红

他盘腿端坐等水煮沸，如一座钟

钟响水未沸，他开口说话：


再也喝不到唐山猴子背篓爬上岩壁采的茶

有陆羽说的仙气，而这里

从红土里苗长的乌龙茶叶，根深叶厚耐泡

有黄土深处滋养的香味，喝多会醉人

茶汤也金黄透明如玛瑙（水有滚声，他续说）

茶水入口漱一下从牙缝吸再缓缓入喉

温胃顺肠打嗝醒脑，然后细品回甘……

回到童年，学猴子背篓上岩壁采茶

回到婴儿，那卷缩的茶叶，像婴儿的手指

在母亲肚子里缓缓舒张，想牙牙耳语（水已沸）


这是朝阳山顶沾露采的，那是负阴山坡的

那是雨后采的，如笋尖如犬牙如虾米

他一壶一泡一直说，不再眼看沸水火候

泡沫形状如云如萍如鱼眼，不断泡破

听懂沸水的声音……如鸟如蝉如笑如泣


老伴刚去世……温度与声音还在身边

父辈的老茶农，如入山泉水清

出山泉水已浊如我，如茶叶浮沉为茶渣

听他沸腾的话语，来自生命深处

茶香还回甘在喉间，醒脑醒诗，醒此世

# 竹杖芒鞋

## ——悼念诗人管管

吾家屋顶星眼，你凤凰楼居夜晚的窗灯

吾在屋顶常听见，听懂你朗诵：月亮，请坐

请坐，月亮，一起来听

水缸里的蛙鸣撑起了雨中的墨荷

水缸里的眼睛是破碎的月亮在雨中


树蛙与长尾蓝鹊是我们树上的邻居

松鼠爬过电线至你家阳台，偷喝你的酒

老鹰又在屋顶的天空盘旋，太阳的年轮

黄昏迟到了。请坐，月亮，一起来听

酒缸的肚肠正滚动着杜康的吆喝

就似那口缸，站在西风古道渡口，孤寂地

在历史的十字路口，在山路的转角

听你叙说：战乱中出生，喝母乳九年

父亲爱书早逝。出门买酱油的邻居

被捉去当兵不久，也来捉你，在玉米田中躲藏


三天三夜，终被饥渴打败，十六岁被捉当兵

枪比人高。母亲追至村口，喊着儿啊……

直至她死前一直喊着儿啊……你眼里含泪

步枪芒鞋渡过海峡七十年，如今竹杖芒鞋

轻胜马，苍发热泪，也无仇来也无恨


那场战争，同村的兄弟分别在敌对的军队里

已死的，等在历史隧道的那头说

不要战争，不要再有那悲惨的战争

声音回荡。山谷寂静，只让月亮一起听见

你的诗画与春天坐着小河从山里来


后记：2021年4月中旬，于山路散步，遇邻居、诗人管管。他竹杖芒鞋，吾不知何故突问竹杖坚韧何处取？其即欲将竹杖送吾。吾笑曰是诗的传递？其笑而不答。吾说吾需要时再去砍取。不料，五月一日即闻其跌倒去世，享寿九二高龄。回想其欲交竹杖事，似有预感，嘘唏以诗记之。

# 东门卖瓜

这寄居十年的城市总是有个缺口

北门古楼城堞像掉了门牙的牙槽

不想说话的守门人，任风吹着脸颊

时而在秋冬向东春望，那个退役的老将军

在东门外卖着，卖着故侯瓜


而我也曾是十万农民大游行的总指挥

常在梦中呐喊指挥数十万旗帜飒飒红衫军

那十公里长的游行队伍走出一个尚未消失的大问号

回看他卖瓜的背影像当过日本充员兵的父亲

在我这个年龄已无壮志地守着西瓜园的一块梦土

"青门卖瓜人,原是东陵侯。"李白看见他

现在卖着冬西南北瓜,偶尔主妇抛来媚眼

"投我以木瓜,报之以琼瑶。"他站起来

以抗日将军的口气说"一斤十元,便宜"

忆苦思甜,苦瓜在草色中渗透月白光泽


父亲曾经在扁蒲嫩茎上嫁接西瓜苗抗蔓割病

在丝瓜藤上嫁接苦瓜抗毒素病,在他的后半生

接上了我对土地的深情与写诗的愧疚

曾经是与他对立的理想,在他逝世三年后

已然融合,身心劳动足以抵抗物欲与意识的诱惑


"东门时卖故侯瓜"退役的老将军

"门前学种先生柳"邻居的老政客

曾经想在风雨中翻飞学晨鸡啼叫的昏鸦

已是在池水里潜掌划水的绿头鸭,应知水暖

伸颈叫几声,是否也知远方的刀俎

# 老农卖笋

他盘腿端坐，如一丛竹

斗笠的竹叶已叉开向上开花

尖斜的影子像刚冒出头的竹笋

手指在阳光下坚硬如竹节

脚板也如竹根一样斑驳着土色


比太阳早起床，沾着露水

随雾气摸着小路走进竹林

比地下沉默着的笋苗还安静

才能听见竹笋要冒出土的声音

鲜嫩的竹笋看见阳光很快就老了

比山猪更敏锐，与山猪争食

在山猪嗅出土下笋尖的甜味前

挖走竹笋，背篓晨曦下山

盘腿坐在交警不会干扰的角落

让识得笋尖甜味的路人驻足


与他相隔一根竹子的距离，我的影子

驻留了一根竹子撑过太阳的时间

像山猪嗅到土下嫩笋的味道

笋香喂给我诗经里清澈厚实的初心

竹叶端午包粽子，香给我屈原的求索


孟宗竹孝桂竹贵，绿竹笛麻竹箫

不吃湘妃竹，惜她泪痕斑斑魂犹在

老农卖竹笋，歹竹出好笋，听说

儿女出博士，或有竹林七贤的气节

或是衙斋听萧萧竹，也疑是民间疾苦声

# 木材厂

追悼一棵百年牛樟树，死后的余香
来到这个木材厂，听锯齿的哀歌
盗伐者在议论价格，声音高亢：
这是棺木与神像好的材料
大材大用小材小用，树心没有白蝼蚁

它以年轮的眼睛望着深山的出生地
云如披发，月挂耳环，它曾是把剑
山体的手掌紧紧握住它，青筋暴露
瀑布已是英雄洒泪，鹰嚎送别
盗伐者继续议论价格，欲望在煮沸

树的灵魂：深山冒着青烟

树的沉默：棺木与独木舟

树的尸体，越死越香……

桧、榉、楠、枫，化炭耐烧的相思树

尚有老妇来锉刨树皮，刮骨疗伤？


入夜，盗伐者乃持续议论价格

木材厂趁夜色，让锯齿尽情歌唱

锯齿或是痛苦哭泣，木屑溅出血泪

泣诉，呢喃……如颂辞如丧歌

嗯，出山泉水浊，苦心难免容蝼蚁


庄子无用之树，路人嘲笑不伐岂能苟活

树洞窍门尚在狂风中歌唱：接舆接舆

以诗追悼百年牛樟树，死后的余香

回首深山，云与山峰如浪

树的灵魂，冒着青烟……

# 鱼 与 饼

## ——在河边观红黑蚂蚁列阵战斗想起韩信

饥饿，使鱼向天空仰望浮云似的诱饵

使红黑蚂蚁在河边争抢锈色的饼屑

他忍冻饥饿，在河边想象自己已老

思考姜太公钓鱼，这世道谁愿上钩？

窃珠者诛，窃国者侯，这病毒肆虐的世纪


大雅久不作，诗经楚辞沦丧的乱世

他在蚂蚁的列阵中对应兵书，乱中有序

例如水波、落叶，他听着，能一一点兵

饥饿是农民革命的动力，他彻悟

人是铁粮是钢，大军未动，粮草先行

那个好心的老妇人，几次及时送他饼

她早已忘了他，每天照样到河边帮人洗衣服

那个屠夫乡霸，让他忍辱胯下行

他记得胯下的阴影与尿骚味

人性与历史，常在误会里交错磨擦出火花


《圣经》里，五鱼二饼真能解救众生饥饿吗？

或只是安慰灵魂在地狱门口的彷徨

战争，从春秋战国到楚汉相争至八国联军

一战二战，伊拉克与阿富汗；石油与毒品

战争总是惊不醒人类贪婪的灵魂


曾在指挥十万农民大军的幻梦中忍冻饥饿

近河边，似乌江，似见他将军的背影闪烁盔甲

听见虞姬在楚歌中为项羽独唱挽歌。至李清照

悲愤南宋"生当为人杰，死当为鬼雄，至今思项羽

不肯过江东"。而海峡上空，新冷霾雾结旧霜

# 嘶 喊

捷运地铁忽忽的声音

已缓缓如山后溪水潺潺

站口外的天空没有闪电，却有光芒

匆匆上下楼梯的人群，如薄雾聚散

他的嘶喊喊出寒冬的光晕阵阵荡开薄雾


他歪着粗壮的脖颈，筋脉突起

歪着厚唇的嘴巴，坐在轮椅上

嘶喊着"买面包！买口香糖……"

饥饿与饥渴，这雷鸣的回音

震颤尘封久了的，瓮底的心

被闪电击中，磨擦着细雨

眼雾中的水渍……

这声嘶喊，勾起久远前读过的"呐喊"

两种声音，两个时代

一种惊醒，一种莫名的撞击与悲哀


失业者计算着失业率如心电图起伏

越来越多的自杀者不再写长长的遗书

只因欠债，股票猛涨猛降债务深入海底

不必死于似远实近的战场

却被困死在贫富差距的陷阱


他是那么勇于挣扎前进，这后半生

用一只手臂滑动轮椅的轮子，如划着桨

如刚蜕皮的蝉高声嘶喊着，呐喊着

各色行人如季节匆匆来去，如浓雾聚散

踽踽者，一路追寻那无形的资本诡谲的影子

# 观高尔夫球场

就只容他们三人走向第几洞？能走多远？

一生能走尽多少洞与陷阱？

优雅地走在草坪上，偶尔交耳窃语

许是那重大的不可告人的政策或工程

许是股票房产与儿女情长，叨絮叙说

扛着球杆，仿佛慵懒的逃兵扛着枪杆

球袋小弟也像难民拖着包袱

他们踏在被阳光晒软的小草上

……这是一块受伤结痂的土地

大地的伤疤，歪斜的嘴唇炒过的地皮

用力挥杆的姿势，影子弯腰扭背

很像，很像祖父曾经在这块田地上挥锄

锄头用力往下溅起沙土，影子埋进沙土

他偶尔站着掀开斗笠擦汗，喘气喝水

脚下刚播种玉米种子，五分地


毗连地的花生，再过去是地瓜，再过去

是金黄稻花香弥漫的水田，这些粮食

已被埋葬在散发杀虫剂气味的草坪下

阳光，依旧照耀着丘坡的曲线

依旧，照耀着丘坡对面山腰的坟岗


坟场哀乐远远传来，夹着烧纸袅烟

墓碑的眼睛，俯瞰这受伤结痂的土地

飞高的小白球像一颗子弹

偶尔击中墓碑的眼睛，眼皮眨一下

一定是有死去的人想站出来说话，为他的土地

# 父女理发店

冬天用雪刃的剪刀剪过，红叶落尽

春天的发梢已悄悄长出耳鬓

季节交替交错，如剪刀的声音：

蜇翅与蟋蟀，共振共鸣

风与蜂，远方除草机徐徐而吟……

如季节交替与剪刀细腻的声音

理发店的父女持续交谈……夜幕下垂

这都市最边缘最便宜的理发店，有光

父女的身影交错着两个世代

相依为命，得以温饱，他说……

坐在这父女之间，已经很久了……

坐在亲情与爱情交错的间隔

在两种重量间平衡，坎坷前行

在两种思想里思索，摇摆起伏

如剪刀的两片刃，剪不完的


这路，这理发店是一个坐下来休息的小站

如这分离多年的父女再回到一个家

如剪刀的两片刃紧紧夹在一起

谦卑而熟练，面带笑容

剪裁着世人数不尽的烦恼丝


这服务业，这手工业

与我俯首用笔在纸上写诗

擦沙的声音，如窗缝射进来阳光

具有相等的质量，如烟味与发香

弥漫着父女持续交谈的声音……如月色

# 父子搬家

父子形影相似，如流出村庄的两条小溪
带着候鸟的羽色与行李，听季节的风声
抛物线悬系着远方再也上不去的风筝
父子泪眼相视，俯首，又回到出生的地方
……时常打工搬家而终以搬家为业

像一对猴子或猩猩，对视着盘卷绳索
父亲喊声嗨把绳头抛过叠满家具的车身
儿子在那端接住，打成一个罗汉结
一嗨一拉，绳索把覆盖家具的帆布扎紧下凹
然后互相使个眼色比个手势表示可以了

这从小半痴的儿子曾使父亲自弃离家谋生
而终于更加绝望而彻悟，这是此生的债

这谋生的技能，便是父子今世的相伴

在大都市搬过几百户的家，看尽朱门酒肉臭

总是恍惚的，搬着别人早已不在意的记忆


白天搬出太阳，夜晚搬进月亮

搬不走月光与星星，搬不走梦魇

看见月光如何搬走星星，搬走云

银河如何从村庄的上空流出去

路，又陪着父子慢慢走回来


他俩帮我搬家去他俩的村庄，一来一去

在路上，在路上交会时，我蓦然回首

惊问自己真正的家呢？父亲早已捡骨入瓮

他的坟坑又搬进一个新的主人，以前的邻居

墓碑字迹鲜红，草色犹新，天色微暗

# 卖菜老妪

似听见自己童年沿街卖菜的叫卖声
已逝的母亲天亮前就蹲在溪边拔菜
此时，看见她孤坐在市场外的巷边
河口的冬寒锋利地切着刀刃似的墙角
街头红绿灯，遥远如昨夜的星芒

我从演讲台上一个农运指挥者的高度
走下台阶走成一个流浪者前进的速度
用歌声与叹息测试周遭与远方的温度
测试虚实，像一个逗点或音符，一个休止符
站定在她面前，愧疚似的对视着

"有机，有机的，自己种的。"她的口音

　　在"原住民"与闽南语之间的语言，有顿挫

"有鸡？无鸡？自己养的还没长大。"她眯眼苦笑

有依无依，自己养自己，像山，像山里的树

她依靠但不依赖这城市的文明，老得很干净


我思考政治经济学的依赖理论，但对她不适用

她蹲在那里已似一个沉思者雕像的影子

皱纹的手指，拿起《诗经》里常有的野菜

卷耳、蘩、薇、蓼、荇、蕰，《诗经》里的美与生活

母亲种的山茼蒿、九层塔也会散发诗的香味


如买一本《诗经》，买一把山苏与刺苋

买一个有机的，自信不再依赖的价值

她手指的温度，闪着颤抖的阳光

触电似的触摸到土地深处的心跳，卖菜老妪

感谢您提醒，我还是一个走在路上忏悔的诗人

# 观驼背老妇种菜

小小乡道已被春草无声漫入，没人看见

她的拐杖是手推的四轮婴儿车

驼背弯腰双手抓紧手推杆，一步一步

迎着春意与晨曦慢慢走向路边的菜园

身后的影子伸直了腰紧紧跟着

挺腰紧紧跟着的影子似乎怕她跌倒就死了

影子岂能知道她心底已无依赖罣碍

推着婴儿车如婴儿学步艰困而自信地走向

一块小小的方寸之地，是她俯身的一片

天空，是双手磨擦阳光的镜子

她俯身拔草，几乎要吻触到土地

向土地说着自己才懂的话，仿佛只想埋骨在此

几乎没人会看见她，蹲缩在安静的菜园里

在自己的小方块里画着余生的圆，有虫鸣鸟语

有绿有红有白有黄有茄子的紫，如此多彩


有时推出婴儿，用累积的岁月与她的世代

推着另一个世代向前走，她也向前跟着活下来

婴儿偶尔啼哭，应知父母都奔波在生活的路上

这菜园是他们没有后顾之忧的净土

她努力地活着，以手栽的有机蔬菜供养儿孙


她应是我早逝母亲活着的年龄了

同是农妇的背影，总是被晨曦拉长拉直腰杆

总是与最后一抹夕照走回家门

留下还清债务的，一块方寸净土

一个永不死亡的大地上劳动者的寸心

# 再遇老兵送报

他像那些被网民减退快消失的报纸

在人群中逐渐稀有的人力与行业

秋风飒飒在路上追逐零星的落叶

流浪狗吠叫追逐他消瘦拉长的影子

他的影子在小路尽头催促黎明


闹钟传出记忆里远方故乡的鸡啼

仿佛从正在深海游泳的梦中惊醒

然后他要惊醒黎明，用影子拉出阳光

与阳光同时走进偏远老人聚居的村落

在狗吠声中挨着巷弄与门牌信箱递送报纸

这逐渐沉重与多余的文字，在阳光下闪亮

偶尔看到纸上大字标题有关战争的新闻

他会留意多看一眼，或是有关两岸紧张

战争的记忆与回忆，像细细爬行的蚂蚁

以细小模糊的铅字在纸上爬行，越细越远

然后在硝烟与炊烟的朦胧中消失……

不管科技网讯多快速，文字总是走在前面

例如光总是走在车灯前面

而影子总是走在光的后面

例如那些新闻之外多数多余的存在

人类欲望与讯息增长的速度是那么快

他的速度是那么慢，但他醒走在黎明前

打开半睁的窗户与眼睛，看见他

就看见阳光，当所有轻浮的文字如谎言蒸发

阳光还是会照亮土地上各种拓印的文字花纹

# 山顶送报夫

如树迎接风，相遇时我总是向他举手敬礼

向早醒的晨曦与山峰敬礼

他的年老有我年轻的记忆，不畏风雨

为赚学费我在上学前赶着送早报

那时就知道如何提早叫醒惺忪的太阳


总是像行军队伍前的吹号者，在黎明前

惊醒黎明，追着拉长的影子冲刺

他那久久训练出来的敏捷身手

精准地将报纸飞插在半开着嘴巴的信箱

我记得那种速度与力道，手与文字的磨擦

手与文字的拿捏，让我迷惑在写诗这

与他一样在山顶顶着寒风手工送报的寂寞行业

山上住着一群退役与退休的老人，遥远的邻居

计算机与手机他们陌生又排斥，仿佛是多余的文明

习惯用手拿着报纸的距离，那纸的味道与温度


他们与早醒的土狗雀鸟一样灵敏，竖着耳朵

远远听见山下送报的摩托车声，在山间

有音节地往上爬升，往上推高了阳光

仿佛期待创造文字与印刷的过路的神

影子紧紧贴着这逐渐消失的文字的化石


那天早上，太阳也懒得起床忘记上班

整座山等不到音节一样爬升的摩托车声

天空与树林像没有人类与文字前一样的，静寂

仿佛在期待创造文字与密码的过路的神

我站立山头学鸡啼，挺胸呼叫他与太阳的名字

# 再遇孤狗

在悬崖上触摸落日，冬季的冷还能

炙热指尖，因为热中肠火

苦熬着肝胆，惊醒眼睛

这山居生活第三次，在自我流放的路上

看见被主人抛弃流浪的狗


它坐在山路边等主人回头

落日像盛着食粮的圆盆

饥饿如燃烧的云，火舌翻卷

燃烧着眼里的血丝，它嗅着空气

落叶在冷风中呼唤它的名字

不久它将忘记被使唤的名字，只剩风

它将忘记主人的声音，在被追赶的路上

在被生活追赶的路上，我又能记得

谁才是自己真正的主人，三次失业

浊流里如何能忘记名与利，只剩风骨


偶尔爬上悬崖上触摸落日，想要触及

真正的温度，让指头燃成火苗

但影子已在断崖边折腰

飞鹰在影子边翱翔

请衔走我的影子，如我的衣服


使我赤裸，在烈风中裂出灵魂的真相

来看看谁才是谁的主人

继续在生活的路边，生命的河岸求索

落日像刚烤好的烙饼，饥饿如燃烧的云

两种饥饿，熬烤着如何走出这条岔路

# 观百衲衣展

慈母手中线

游子身上衣

在一块块稻田中穿插，白鹭一样远飞的游子

带着远方一片片山海与江湖

与斑驳破碎的梦

回来站在村庄的破庙前

穿着百衲衣的老和尚，似祖父的身影

他以农民最初劳动的、贫困的底层

以血汗交杂在泥土里

给父亲牛犁，给母亲针线与土灶

阳光下犁开的土块在月光下呼吸

夜色渗入母亲被灰烬熏黑的脸


她如何看见游子内心海一样的波涛

云一样斑驳的记忆，如何用针线缝合

血汗滴在衣服都留下色味

不像泪水与风

不像婴儿的啼哭


悲喜交织的生活，这沉淀的色彩

油盐酱醋的色彩

泼墨的开怀与版画的固执

以最后现代的技巧以最写实的情愫

撼动尘封的，家国百年历史的疼痛


在回归黑白之前

在影子之前，灵魂裸身的游子

寻找一件前世的衣服，在百件百衲衣前

在弯腰劳动与颔首祝福的祈祷中

有一条路等着，有一个人在路尽头等着

# 沙漠的波浪

—— 在海边庙口听苏澳乐龄非洲鼓队击鼓

指挥者伸颈眺望海上层层的滚云

双手如双桨，破浪中的舵手

倾身伐动一个鼓队阵阵前行

鼓点如骤雨，海面起伏如沙漠

鼓点如潮浪，飞鱼拍翅的节奏


那首儿歌；白浪滔滔我不怕

激荡在这群祖母级乐龄的鼓手心中

海边，海岸线没有尽头

庙口，灵魂的天堂在咫尺

它们听见众生，击鼓，睁眼

妈祖站起来看了，又趺坐

看这群鼓手四十人三千岁

鼓声响彻三千里，是三千年前

非洲鼓声，人类共同的心跳

沙漠的波浪，交错踢踏与泼刺的韵律


鼓声在沙漠中疾风卷动滚滚沙涛

浪花跳起来又跪下去，她们手拍层层浪潮

鼓队是一艘舢板破浪出港，左右摇晃

远方那个岛，一个最大的鼓

日月的鼓槌，已抡过千百万次


听见鲸鱼和海豚跃身呼叫

一个个阳光下透明弯腰的音符

一个个不会衰老的身体，她们

用最平凡的手掌击拍夹在腿上的非洲鼓

鼓声震荡晴空，青春留给，众神与众生

路間蟬鳴

第四輯

# 路闻蝉鸣

——金蝉蛹潜土下十七年蜕化爬树振翅而鸣交配而亡

走到岔路蝉声已破涕，阳光笑碎在树下

你们一直在高处，想要控诉或求索什么

披着黑衣，终生嘶鸣不疲倦不分叉

何处寺庙传来钟声，你们似听懂什么

瞬间声音变细，变沉，如钟声后面的诵经声


悲欣的诵经声，使我想起十七年

那携衣钵随猎人逃难十七年的六祖慧能

《圣经·旧约》《新约》间耶稣十七年的生涯空白

而我的十七年，走在一条似熟悉又陌生的路上

走在城乡两岸春秋，唯物与唯心的路上

方寸之地——五五诗体一百首

没有奇遇却有歧途，不是末路已是岔路

在螳螂抱影与黄雀喙翅之间

生活匆忙生死两茫，在半路上又听到你们

沉寂十七年往上爬，费力向天空呼喊一个名字

不禁想逼出眼泪回应你们，还在哀民生之多艰吗？


纵使嘶声正午时像钢针一样刺向太阳

知了知了再高扬，也叫不住往下沉的落日

风缓声细，风疾声沉，风狂声泣

饮尽晨露声不哑，终将止于夜色前

徒劳的嘶喊总被听成饥渴的怨恨<sup>（注）</sup>


在初夏相思树花的菊黄与油桐花的雪白间

嘶声阵阵推来说不清化不开的香味

层层迭高，高过山后的佛塔与云树

不食人间烟火的呼唤，既知了知了，还追问什么

是怕秋来不胜寒？是为惊醒风雨不晦的鸡鸣


**注：** 唐代李商隐诗《蝉》："本已高难饱，徒劳恨费声，五更声欲断，一树碧无情。"

# 河水一直回答

走了一百公里的路，影子也累了

它在断崖边折腰，背着夕阳

我矗立着，我不想倾斜

挺胸，向如浪起伏的群山

大声呼啸一声长长的狼嚎……

睡了一天的云，被我惊醒

荡开，被掀开的棉被露出赭色河床

百年相思树，千年红豆杉

听懂我，一直想要说的是什么

万年的河水一直想要回答

远方，高铁快速在两个隧道间的山谷

穿过，没有声音……

应是被我的一声狼嚎震顿了一下

形如织机穿线中的梭

似闪电以流星刹那击中片刻的记忆


记得，站在翠绿西瓜园的边缘

长长河堤突起的尾端

像海堤靠海耸立的灯塔，背着夕阳

向如浪起伏的瓜畦，向着躬身的父亲

大声呼喊：回家啦……天暗了！


回家啦……万年的河水一直回答

走了一百公里的路，家还在远方

听见拉尖拉细的狼嚎与鸡啼

听见最深的水，人类最初的家园

似闪电以流星的光芒映现

# 秋决的春望

## ——为台湾 2020 年 11·22 "秋斗"游行而写

这是秋决肃穆的气候

我们是提早开花的油菜花

为了躺成泥土的肥沃

在风中摇摆，努力开花

开出菊花的金黄，桂花的清香


看看那些不想发芽的种子

人口出生率低到世界脚底

失眠症世界第一

尿毒洗肾世界第一

肝硬化、肺癌世界第一

我们还要吃更多瘦肉精的毒吗？

三十年薪水涨幅逐渐枯竭

贫瘦如柴还要吃更多瘦肉精的毒吗？

我们是猪吗？我们会走在路上呼口号

但不会选举的奥步与谎言


当我们被山上的野猪嘲笑

像在牢笼里将被刑试的白老鼠

但是，我们是被冤枉的孩子

不是被喂食瘦肉精的猪仔

我们走在"秋斗"向春天开花的路上


和众多的伙伴；士农工商，食安环保

在自由而不自由的言论市场

在叫卖猪肝猪脑的街边

我们走出秋斗向春天开花的路

为了一种延续的责任与希望

# 再遇蝉鸣

从端午高歌至中秋，嘶鸣不哑

声音似砂纸磨擦着天空

阳光也磨擦出薄翅震颤的嘶嘶声

日色从金黄磨成赭红而酡红

高声把树升高为佛塔，佛塔里传出的诵经声


雨前嘶声先暗沉下来，雨丝慢慢下成雨柱

似钉似箭的雨，使它们把树梢抱得更紧

把嘶声鞭打成是钉是箭

钉进我的记忆，射穿我的思想

……在雨幕中看见金红的阳光

风来了，风雨中的嘶声远如鸡鸣

雨停了，嘶声是破云而出的阳光

把秋天拉回仲夏

把弧线似的季节拉成直线

拉长拉细，针一样穿过耳膜


针线一样，嘶嘶地缝补撕裂的爱情与思想

哦，从端午走向中秋，这山路

不疲的蝉鸣，伴随疲倦的耳鸣

在小屋小窗，听着胡琴低吟低泣

那时的回忆如蝉鸣藏在树林深处


这是南方才听得见的高亢蝉鸣

在初夏相思树的金黄

与初秋凤凰木的鲜红间

我却听见北方入冬的初雪

如蝉鸣似耳鸣，在记忆深处的井里

# 端午蝉鸣

粽子的香味激荡着饥饿

屈原的《九歌》在天空梵唱

众生的众声，千百只蝉鸣

越高处越胜寒，但这是仲夏，这是

仲夏，路漫漫尘埃飞扬如蝉鸣诵念《离骚》


你不是诗人，粽子的香味也能是诗味

你只是诗人，无效地对着火车朗诵一首

长长的，持续的工农工农惹人烦的诗

火车驶向你离开又回来的地方

你趴下去听铁轨下土地叫痛历史的声音

蝉鸣在海边的相思树林，风向海浪

浪声与泡沫与蝉鸣齐飞

相思树林被蝉声拱上云里

云在听：这似闪电与雷雨的声音

云在想：什么时候可以下一场蝉鸣似的阵雨


面对海浪，咸咸的风一直吹乱头发

偶尔回头却听见汨罗江的水声与哀歌

划龙舟的吆喝与锣鼓一晃而过

诗的原乡与思想的原乡

遥远又深邃的呼唤……


锄犁与笔触的火花，总是刺眼

劳力与劳心，唯物与唯心的路总是坎坷

端午的蝉鸣与海浪，声音似悲似喜

路漫漫，尘埃与泡沫迷蒙着陷阱

还要持续上下求索，哀民生多艰吗？

# 蜂 与 风

风还没吹到，就先听见蜜蜂的声音

仿佛闪电还没下来，闷雷还闷着

雨声就稀稀细细，嗡嗡地由远而近

雨洗净了尘埃的近午，油菜花已黄黄黄

恍恍开了一大片，灿烂在金黄的阳光下


这是蜂群的天堂，花粉的喜宴

而养蜂人在叹息，他是流浪的农民

蜂的追逐者与保护者，不敢误花期

风的聆听者与控诉者，总是在想家

风大了，蜂少了，谁知道

远方到处是蜂群的坟场

劳而未知死的工蜂，成群在逆风中前进

龙眼花与杧果花的香味，像磁铁吸着针

吸着蜜蜂的复眼与蜇刺

生的诱惑藏着死的陷阱


无知或无奈的农民，为除粉蚧蚜虫

喷洒农药，水雾在空气中弥漫出彩虹

如雨声稀稀细细的，由近而远

蜂群像钉子似的骤雨嗒嗒落在地上

来不及飞往油菜花的天堂，也回不了家


不知是谁教会蜜蜂依高级几何原理

筑成坚韧六角形窗孔的蜂巢，把风雨

挡在窗外，把蜂蜜花粉留给人间

把勤劳分工的组织示现给人类

和风一样，和季节一样不求任何回报

# 分别鸟声

出山泉水浊，人的声音也一样
入山泉水清，鸟的声音也相似
上山采兰花，不比采菊东篱下
这和写诗一样收入微薄的行业
徒然增长心灵清净与智能

兰花有王者之香，奇兰处有蛇守护
绕过它们，绕过诱惑，从水声里听见
鸟的声音与颜色，夹着树叶与阳光
浅水经乱石会有蛙鸣似的鸟声
细水入潭影，试听有人在私语

空中与树林里的鸟已逐渐相识

总是叫不全它们的名字

凄厉刺耳地要你记住它

温馨婉转得让你怀念它

如水声频率，入流亡所，相应分别


农民接山泉的水管，水声咕噜如鹧鸪

老鹰过处寂静，乌鸦叫了众鸟聒噪

伯劳杜鹃，莺燕雀鹊，就是不想

学舌的鹦鹉与八哥，久了渐渐听懂

在食色食色间的语言，这应物的通性


这原是上山长居想格物致知的道路，或想飞的

障碍，在生活奔波如从生死场搏斗出来

在诗与文字的沉溺与迷惑中也屡屡受伤

上山采兰，不比采菊，在水声与鸟声中

总是会听见农民在水源处寒暄与吆喝

# 盆栽增减

天空盆栽一样的云

总会开出各色的花

奔波在生活与生存的路上

常驻足仰望天空，倾听闷雷

如停下来的雨，想浇灌那些盆栽


从职场遣退下来，心中常挂着一阵雨

呆望窗口外云一样的盆栽

交际应酬往来送迎少了

阳台的盆栽就一盆盆多了出来

它们常伸手触摸悬挂的衣服

仿佛想触摸到人类的温度

叶尖刺着衣领，我感觉

偶尔会被刺痛，几次

从职场上败退下来，看着那些逐渐褪色

挂空的衣服，轻轻摇摆着沉闷的饥饿


看见失业的同伴多了，夜市摆摊的也多了

开出租车的也多了，背着壳亮着灯绕寻

总是此不足彼有余，总是朱门酒肉臭

谁在意银河在白天消失了一颗流星

地球的重量不因谁死亡而减少


却因谁的诞生与生存而旋转

哦，盆栽素心兰在窗口想说什么

明知使命写诗也抵挡不了地心引力使人衰老

这盆栽一样养着的身体终将消损

愿笔力犹在，花香能留存多久就留存多久

# 庄外的树

边境的边境，疾风中有人在说话
似庄子的击壤，接舆的凤兮
要再走下去吗？再往南，往南走
经过那个排湾人部落，看见海
就再也难听到传说与故事了

只想在庄外传说中的那棵树下
睡一个前生
梦里身是树，梦外身是客
谁是这棵树的主人，请问行路人
谁是要卖这棵树的土地的主人

土地因为这棵树而没人敢买去开发

这千年老树，树枝像千手伸张

树叶像千眼闪烁繁星

有灵有神，有鳞有须

高入云霄触吻闪电，根穿岩石紧抓山体


一个不愿疲倦的行路人，常把树影当成家

愧疚的，早已卖了土地的农民子弟

用卑微的诗人的眼神

看这棵树枝丫间水火相交的字形

听山风飒飒从树叶与树洞间穿过


听庄子《齐物篇》中大自然的响声

欢唱歌泣哀号苦吟叨念嗫嚅叹息控诉

片刻沉寂，看见远方宁静的海

苦味的年轮，也会引来喜甜的蝼蚁

这大树如神站在那里，远山都低了下去

# 处暑震感

台风载着一个水库的雨水在空中旋转

像长出利刃的飞盘逐渐靠近

它是我用尽全力想要推开的噩梦

在黎明的边缘磨得发紫发红

此时，我在深海的断层中被震醒


床似在海涛中摇晃的船

船是在翻卷中被抛开的身体

疼痛，是地球的不满或是善意的启示

地壳轧转着轴轮，骨骼磨擦的声音

地震，地震，千万人同时惊叫

这黎明前的呼喊，在无助中荡漾

片刻就唤起那些记忆……

母亲黎明前在厨房摔破碗盘的惊响

父亲黎明前吆喝水牛触动锄犁的骚动

……记忆瞬间唤醒


……看着想要离开大陆的岛屿

摇晃，拉扯，顿挫，踌躇

双亲的呼唤与吆喝，敲不开梦境的窗口

在黎明前，感受到

母亲的愧疚与父亲的容忍


从惊蛰至处暑，地牛不忘初衷

但历史的断层一再使人选择性遗忘

被殖民与半殖民的岛屿

从床与船的摇晃中，越走越远

已到陷阱旋涡前，如何才能将他惊醒

# 月桃伸手

山路越冬已狭小，野草已不等春天

兀自向路中央试探人迹，断崖边

无意苦争春、一任群芳妒的梅花

已零落成泥，余香已故，闻不见

苦苦争春的月桃花，从芦苇管芒丛里窜起


伸出手掌般温暖，挺如白色佛塔的花穗

触摸也是寂寞开无主，失业路过的诗人

不是拣尽寒枝不肯栖的他，忍尽默冬

悲喜着向伸出花穗的月桃花握手说话

触摸她手的温度，是十年前，分手后一直忍着冷

感谢这月桃花的招呼，一时，冬忍的雪泪

被热潮蒸馏在眼眶里，还是忍不流下，不回头

继续走在清明向端午的路上，闻尽花香如无香

在玫瑰黄菊银桂玉兰含笑花之间，却总不如

那年，说是六十年一甲子，麻竹开完花就死


竹叶提早落尽，不等端午斜阳骤雨

母亲也不等了，上山剪裁月桃叶包粽子

月桃花刚开完，无香胜有香

香味能复活蒸腾，当粽子在锅里欢歌

伟大的诗人屈原，可曾闻到此花叶的香味？


从秋分走回春分，路漫漫其修远，诗人再难

上下求索了吗？梅花零落成泥化作尘

不如那不等春天兀自生长的野草？

不如从芦苇丛里灿烂开花的月桃？

诗人不幸诗之幸，是谁下的咒语？谁能不信？

# 观藤缠树

—— 听泰雅人云力丝与排湾人林广财唱排湾百年古
谣《来苏》有感


古老的山也坐下来想听这首歌

最老的老人已埋在树下，也坐在我们身边

他的歌声与他的爱人还缠绕在树上

是什么还缠绕在心头？

哎呀！那个寂寞的人啊


这世上总是有那个寂寞的人

树林里总是有那棵寂寞的树

魔鬼藤与血藤就会找到那棵树开出郁香的紫色花

像那不知什么时候就开始给人烦恼的爱情

一直缠着古老的祖先与死去的灵魂


拥抱缠绕的姿势如小溪缠着山

云不疲倦地缠着山头

海岸线不疲倦地缠着山脚

缠绕到太阳不再下山那一天

缠到树死藤枯了才想不死吗?


歌声持续如槟榔花香一样迂回起伏

哎呀,那个寂寞的人啊,如你如我

身体总是被灵魂缠绕与呢喃

当歌声引诱百步蛇穿过梦与记忆

那藤似吐尽丝死的春蚕,树是成灰泪干的蜡炬


凄美的传说总是夹着生存与生活的悲欣

族语与族群逐渐在消失而歌声在,《来苏》

歌声缓缓穿透人心的墙篱苏醒尘封的灵魂

爱怨情欲会永远不分肤色与阶级地缠着人类

树死藤枯海枯石烂后,还能听见带着花香的歌声

# 蝉鸣之后

这山路，已听不到煤矿车工农工农的声音

夜雾还没有散尽，霾着重重树影

昨夜的路灯与残星，还含着睡意

等待仲夏旭日，在鸡啼之前

带着铜色号角闪亮的声音喷薄而出……

刹那间似众声喧哗，千万只蝉共鸣轰起

声音一紧一松把云推远，把树林拉近

树林跟着升高阳光灿烂金黄，一阵大风

声音又低沉如变黑的远云

云下一条快看不见的溪流……

在它们的嘶喊中响起午夜惊醒的耳鸣；

梦中的海潮音，远方寺庙的诵经声

童年的风筝在天空呜咽；不愿再升高

也不想再下来的记忆，在水稻收割机的声音

弥漫的稻香与鲜草味逐渐走远……


从午时至午夜，空调与冰箱不眠的呢喃

这耳鸣，应是身体基因，或意识深处藏有

众生的众声，在蝉鸣之后

在耳鸣中静听共鸣，底层民生的悲欣

穷困的小屋里，母亲潺泣低唤我早逝的大哥……


这山路，在唯物与唯心中崎岖而行

因思索的执着而逐渐神经衰弱，这耳鸣

这仲夏的蝉鸣，高亢时把太阳抬到高处

黄昏了就放松琴弦，渐弱的嘶声沉向一抹夕红

蝉鸣之后，夜雾又生起的夜路，如此寂寥

# 遮羞布

婴儿的尿布像新生的旗帜

噼啪飘扬在屋檐下，婴儿的母亲

手掌在围裙上擦拭，她刚完成

一个骄傲的仪式；为婴儿手洗尿布

尿布与抹布，有童年生活的味道


阳光软了，母亲把斗笠上包着的花布

解下来绑在农用拼装车的车杆上

像一面胜利的旗帜，在阳光中噼啪

那年，西瓜产量高价格又好

父亲终于买了房子，我们有了踏实的家

每年，飞鱼成群来到兰屿的季节

达悟老人穿着丁字裤下海

丁字裤，是他们的"中央挡布"

不是那个党选举时利用的遮羞布

壮丁的丁，不是十字一直印在十字路口


不是历史的车轮卡住齿轮，声音吱哑

咽不下失败的那口气，困惑在岛上

背离历史，撕裂彼此党旗做遮羞布

富时富得只剩炒作强拉的股票

穷时穷得只剩选举，让口沫自由飞溅


那最高候选人竞选时的人像

在计算机输出的塑料布里生锈

被农民当成农舍的遮阳布

脸色在风中哭之笑之，等待下次

再以另一块布，挂在十字路口，面不改色

# 走在海岸线

跟着风走，就能走遍全世界

跟着水走，就会抵达海岸线

你是海洋，就可以包围陆地

你是陆地，就可以包围海洋

你心中就有一条世界上最长的海岸线


走在心中最长的一条海岸线

在梦的边界看见一线晨曦

似曾相识的原乡，在远方在眼前

站起来的海浪是消失的栅栏

云的围墙是流动的影幕

方寸之地——五五诗体一百首

不需要酒杯，张口唱歌就是喝海洋

喝，呵，喝海呀，喝—海—洋的歌

不需要配菜，吃风就饱，痴痴地吃风

不需要肉，抓一条阳光咀嚼

走在故乡最长的一条海岸线


左边，阿美人的小米酒香又甜

右边，蓝色的海水苦又咸

右边是菲律宾海底板块在上升

左边是大陆板块在移动

走在边缘也走在交会的线


走在心中最长的一条海岸线

看见海浪都感恩感谢地向陆地跪倒

海岸上的山峰也绵延耸起云浪弯腰回敬

走不完的一条海岸线走不尽的一条路

在梦中在太阳下在人类已忘记的原乡

# 闻 雷

这岛上夏季潇暑闷哼，蒸腾喧嚣

几次午寐，想在无声处听惊雷

屡被海峡上空的闪电击中思路

思想的野草在梦醒的边陲燃烧

夕照在云丝里隐藏缱绻的火焰


雷声总是走在闪电后面

思想总是走在行动前面

这慵懒的午后，茶冷酒香

想要以思考的闪电鞭打思想的死水

或以思想的雷鸣轰击迟钝的思考

午时三刻，鼾声已如雷鸣

梦里听不见鼾声，也听不见醒时的笑声

却在梦里听见流水滚动圆石

其实是雷声已压不住四处蛙鸣

例如饥饿在身体深处的鼓动


昨日似乎还是蝌蚪，如音符在水下游移

今日已是翻身起跳的青蛙，脚趾蹼扇

双眼圆突，咯咯地想说清又说不清什么

与蟾蜍比邻，似又不似

可为菜肴，可为苦药


这午后雨在远方想来不来，闷哼雷隐

闪电被压在云层与海平面间上下求索

想在闪电雷响后看见细雨中的彩虹

想在无声处听惊雷，思考极处

只听见耳鸣后的咳嗽震动心房

浇灌詩樹

第五輯

# 浇灌诗树

——2019 年 10 月 3 日，受江苏省兴化市水上森林主人也是诗人的房春阳邀请参加秋韵诗会，受嘱带台湾的土与水一起浇灌一棵中华诗树，适逢我的生日，以诗记之。


我们让树说话

我们把诗拆开，言、士、寸

在拆解中看见中华汉字的骨髓

言志里是寸土寸心的根

用水，用水溶于水的水浇灌


昨天的太阳，已在天空刻画

今天第七十年的节庆

鱼米丰盛的季节蟹肥菊黄

郑板桥的故乡诗意兴发

秋月不眠，彻夜俯听诵诗谣歌

水杉倒影，与我们互相举手敬礼

水净如镜，映照树根闪烁铜绿

树在诗的水里鞠躬弯腰

在诗的锤炼中顽石点头

点石成金，看那人潮汹涌……


而我只是一个卑微的农民子弟的诗人

带着岛上肥沃的泥土与深山泉水

迎着海风飒飒渡过海峡

盐味的发梢，万古的记忆

这水上森林，一万年前也是海岸


用文字的活化石，用诗

用汉字的净水灌溉这树的活化石

中华诗树，七十年的年轮，如星云

如诗心向上向外旋转，灿烂生花

根深叶茂，万鸟筑巢，见日飞翔

# 2022 年秋临太仓口岸

## ——遇瘟疫与亢旱

暑气一直压不下嗜寒的瘟疫

执意推迟秋凉与蝉鸣

长江口岸，耐旱的芦苇

踮起泛红的脚跟向天空呐喊

雨啊雨啊，闪电一样鞭打下来吧


听不见雁鸭与伯劳，乌鸦与白鹭

长江口岸弯曲，被太阳高温扭曲的喇叭

细缩成向出海口呼叫雨啊雨啊的唢呐

风沙瑟涩地吞咽着落日，烫啊

颤抖着不断下降的水位，露出石骨白磷

太仓，五百年前世界级港埠，腹地千里

一千年来朝代更替下稳实的天下粮仓

从这里，郑和率五百艘船舰绵延十公里

载着丝绸瓷器粮食，载着和平……

海上丝路牵织出历史的风云与风景


风帆与风幡，召唤那些未归的魂魄

云层都退至天边，烧尽的灰烬

只剩风，暑热的风，夹着盐味

从对岸上海滩吹过来，桑田此岸

彼岸，东方明珠，已是世界第一大港


静静结穗的水稻与月季，不畏亢旱

提早开花的菊花不似异乡是异乡

散发翻飞如一丛徒长的管芒，逆风折腰

中秋前的露夜，新月已蒸熟发黄

长江口岸，听见海潮持续在后退……

# 仲夏观黄河壶口大瀑布

天色蓝到黄土地的底下，终于压不住

已经奔腾一千公里的黄河

以断身续命的汹涌跃向……无涯苍茫

又以夜空的银河从白天的地底冒出

瞬间收拢张开的龙鳞与飞散的翅羽


世界最大的金色闪电鞭击在天地间

大地的裂缝，夹住日月，融化日夜

圈线似不断生灭的彩虹

最终被夕阳固成壶口颈七色的项链

又被壶口的怒吼挣脱碎裂成千万亿珍珠

应是大禹治水前鬼斧神工劈开山体岩层

天眼的夹缝里滚动地母的呼啸

夸父追逐的落日还悬在壶口

春秋战国的疆界在此龟裂辐射

水花已是千百亿支箭镞射向山谷


浪尖利刃刻划涯壁，时间的坑痕深陷的眼窝

群燕吱吱如千针万针穿刺水气光幕

千里下是万顷沃野，阡陌密布

陕西此岸大喊一声就抵达山西彼岸

人间此岸苍茫，如何一声长叹彻悟彼岸光明


天空拉开的拉链拉开地狱狭门的锁头

一字划出人，一人催赶千军万马奔腾

停顿下来，喘气湍急，回望山体如酒壶

倾泻滚烫的酒浇不息炽热的阳光与心血澎湃

天色蓝到黄土地的底下也压不住胸口的呐喊

# 南京鸡鸣寺

寺塔尖顶与飞檐，伸长颈项

准备向晨曦啼叫的鸡冠，红里透金

我用力拍翅，抖散海峡夹带的盐味与尘埃

吸气挺起胸腹，额头发亮

想要向城墙与湖水的方向昂首啼呼


却被一记钟声撞击，身如钟身摇晃

钟声荡开湖水涟漪抵达城墙又绕回来

佛塔里的舍利泠泠乍响，夜色还在远方

它们就出定似的亮起星一样的灯芒

塔身长高如云层中耸起的千年大树

我来忏悔浊心的欲望，蒙身的尘垢

在自由时放纵，劳动里埋怨

在风雨中倦晦，盛世下忘谏

只是一个农民子弟的卑微诗人

以为仗着锄剑犁刀真可以横行天下


手中的号角，已吹不出冲锋号的血丝

拿起唢呐，也吹不好迎亲与送葬的调

嗫嚅着只是人世的绮语与妄语

负载被贬谪人间的原罪，摧眉与折腰

自认忠于天职却常误时啼叫，声如乌鸦


常把黄昏的落日视成纸贴的官印

我来忏悔，我来取经，我来浴火

愿以晨鸡一声金啼蜕化为凤凰玄鸟

愿再认领诗人的身份，谢罪祈求

人间的良药，不再是那颗蘸血的馒头

# 观观世音菩萨像

应是被遗忘的星群在闪烁光芒

刺眼的光里碍眼的泪

寺庙角落，小小后花园

排列着被遗弃的各种神像，喜怒不一

堆栈拥挤，互相细语着什么……

它们不知来自何方又走了多远的路

让游子的心浪子的情停驻，敬畏观望

都被主人遗弃又等着新的主人

再被收养收买收编前，会有伯乐来供奉吗？

失望怨怼空洞的眼神，对视长眉垂眼的慈悲

铜铸的都已被认领供奉，或被熔炉他用？

再铸变身为铜炉铜币铜锣，或炮弹？

经过摄氏一千度以上烧瓷的返照回光

木雕的只剩一尊观世音菩萨，在树影下

想念曾是一棵树的前生……


它站着，有楚腰纤细的线条，光线斜肩

游子曾经梦境中的倩影，哦，思无邪

想那是红杨木千年不死，死后千年不倒

倒下千年不朽，再被雕站在这里，余香犹存

谁听见红杨木，在风沙中呜呜作响……


那声音，"初于闻中，入流亡所……"，三千里路

也参悟不透的叮咛。请不要再站着

请坐，请坐下来，开口说一句话

流星般轮回再来的游子

刺眼的光里忏悔的泪

# 盆栽素心兰

枕边的泪痕不知什么时候留下的

像水印有透明贝壳似的皱纹

应是迈入中年后鱼尾纹拉长了留下的印痕

可明明白白昨夜梦里有泪，有露珠的重量

以童年的脚步，以雨声走进梦里


以风声走出梦，留下的

确是母亲的手温与素心兰的花香

在那条童年记忆一直走不到尽头的路

至今犹在寻找世界上最长的一条线

夜空深处无声而下一条最细的闪电

走向雪色里永远走不到尽头的地平线

只是在寻找，那分明一直在前面

却也一直跟在后面的一缕香味

从山峰上的寺庙到海边的坟冢

祈祷与祭祀的香炉上，缕缕弯曲的


烟香，夹着警示的钟声与诵经声

我弯腰从路旁垃圾堆里捡起弃置的素心兰盆栽

未死的素心兰努力吸吮废水伸出绿叶与花瓣

垃圾中夹有纸条对联，祝贺祝祷的花篮

有节哀敬挽的，生死折腾，弥留花香


盆栽素心兰又开花在阳台与衣架间，在卧房边

隔着梦与时空，蜷缩在床如在母亲的子宫

贫困的出生前就已闻到，听到她与父亲的细语

如淡淡的雨声与花香，竟使昨夜梦里

有泪，以露珠的重量落痕在枕边

# 瀑　布

已给这座山千万年白色记忆

还能刻划多长的伤痕

是要缝合两边裂隙

还是要分开刚对视的双眼

雪练也会铸成剑刃


远古的祖灵在瀑布上面呼啸

似龙似虎似狼，是鹰

云里云外，似有似无

在心猿意马的幻象中

瀑布从山体双腿间裸露

暴雨一样冲洗我沉浊的污垢

雪练一样寒醒我执迷的尘烦

但它分明还在用飞溅的语言

持续追问……

问世间情是何物


躬身忏悔的树，受洗负罪的岩石

水线如琴弦，夜色吐出月色

夜幕下垂，惊梦如瀑布

从远方传来海浪冲蚀岩壁的声音

窗灯如灯塔在波浪中明灭


有声音自深山高处似雷，似钟

分明的回答

那纵身一跃的瀑布，舍身断流

以续河命，那弱水的河身

以承载诗歌划动的船

# 不 如 婴 儿

走进云里，走上悬崖看着瀑布如雪练

如剑插入潭底，潭水清净透澈

水里日圆晶莹如婴儿的眼睛

疲惫的情绪与思想，被这眼睛的光

如剑一样刺破梦的胎衣，刺出赤血


走着，走离那婴儿似的赤子之心越远了

吸气饱满用力向山谷呼喊……

回声震荡涟漪只能微微骚扰山谷幽静

如埋在云雾里那听不见的水声

呼声已浑浊太多善恶的尘埃与沉重

呼声带着哭笑难分的沙哑
声再高亢已如破竹裂帛，如乌鸦与伯劳聒噪
已不如一个婴儿诞生时啼声清脆嘹亮
声如一束透明的光刺穿整个山村的夜梦
再用力呼喊，已逼出紧紧框住的眼泪

再也回不去了，顺着原乡小路如母亲的脐带
也找不到子宫一样辽阔而温暖安全的窝
触摸不到婴儿贴着母亲的体温
看那婴儿哭叫整天声音也不沙哑
不知善恶不分男女，这人类最早的共同语言

他的笑容，会使人瞬间息怒心生慈祥
身体柔软如绵但拳头握紧有力让人难舍
在水中四肢自然摆动而能顺水浮游
没有男女情欲不需占有，没有得失与罣碍
这人类共同的记忆与初心，似在眼前又离得好远

# 红炉炭火

## ——新冠山居有感

山顶接近下雪的天空，雪不敢下来

冬天的黄昏急赶春天的黎明

冬云棉絮，已像内衣露在春天的外面

沉云横陈在山谷，如口罩蒙住立春的唇口

季节的眼睛，紧紧注视着人的背影

上山赏景的人越来越少，山越瘦

山路与山花也自觉地缩小

屋里的红泥小火炉却在膨胀

鼎着一壶陈年绍兴，酒气上来了

蒸腾着我的思绪，这辛辣里

带着悲悯的酒味，这绍兴的鲁迅

的野草，野草的思想，野火烧不尽

听炉下的炭火噼啪说话：

这病毒，再来试炼着我们的民族性？

看客似乎没有减少？看那普穿西装的阿Q


但看春节的年糕，发着香油玛瑙色的光泽

这米与糖里蕴含民族不死的韧性

北方一直拉长拉不断的面曲，几千年

在最穷的火候里熬煮出最耐吃的菜肴

面对病毒，如何用基因里的血清免疫自己


从农村反刍的清净与清醒，警觉

这欲望麇集的病毒，无形无味

会是代替意识与钢铁的武器？如何战胜饥饿？

酒精防疫，酒气熏泪，哀死者敬医者

红炉炭火，长夜深思，粮食能撑多久？

# 初冬彻夜听松鼠哀唤

是谁吹尽这山村的最后一片红叶

肃杀秋决的气压，云层低到脚下

雪还是不敢下来，十年了

在这山村等一场雪等了十年

初冬，彻夜听松鼠在面包树上哀唤不已


昨日黄昏，秋末弯刀似的金色阳光

切入花岗石与麦饭石的缝隙就消失了

今夜初冬利刃似的寒流就切进窗缝

夹着松鼠比针还尖细的哀唤声

刺穿耳膜一样薄的，窗外纸贴似的月亮

方寸之地——五五诗体一百首

这听起来如杜鹃啼血会哀唤至死的声音？

是求偶还是饥饿？我也有；这双重火焰

它在飞鼠与夜鸮间的形影，或身份；

在想飞又飞不起来，一叫就惹人厌

披着诗人在冬夜里紧肩膀的外衣


听流水堵在巨石缝里沙哑哽咽

午夜忘了关车灯的房车彻响防盗铃

赶夜路的大卡车紧急刹车的轮胎声

载着新冠病毒病患的救护车急急叫过

牙齿饥寒地磨出齿轮声，嗝呕着酒味


将老未老，游子的心浪子的情能走多远

屏幕上败选者如落翅老鹰羞怯走在鸡群

新冠病毒正在惩罚不怕它的政客，如夜鸮窃笑

等一场雪等了十年，雪一直不敢下来

在初冬彻夜听松鼠哀唤梦与黎明

# 树下婴儿

老人能回孩子心吗？中年站在中午的树下

树影的围裙荫蔽着记忆的墙篱……

母亲说有一次割牧草，把婴儿的我放在树下

弯腰弯久了忘了太阳已下山

猛抬头赶回家，忘了婴儿的我还在树下


那时的我睁着眼睛没有啼哭

那时的我有梦与记忆吗？为何我似乎还记得

蛇卷在树枝上吐着舌头，鸟在鸟窝里

老鹰在树上盘旋，我记得它笛子的声音

草尖磨擦着我的头发，我记得牧草的味道

因为我的天真无知，它们都对我没有敌意
也许蛇正要去吃小鸟，老鹰要俯抓蛇
纵使老虎已走向我身边，婴儿的我有何区别
死亡有何惧怕，我刚从死亡出生
我是哭着来而笑着看天空什么都没有


在一声比老鹰叫声还响亮如钢针尖细的啼哭声中
母亲紧紧地抱着我走回家，我记得那紧紧的体温
我记得她曾将婴儿学步的我从断崖边拉回来
她早在如我一样的中年走了，而走在歧道上的我
如婴儿学步一样求索正道与载道，当又走向断崖


谁来拉我？当又走向汹涌的浪涛
我能像天真无知的婴儿，自然伸展四肢
如桴浮于海，没有重量，没有遗落与遗忘
从断崖边被母爱的手拉回来，从断乳后
从生活陌路走向生命深渊的路上

# 鸟散声如铜币

我只是用一枚生锈的铜币丢向面包树

和一声吆喝的砰，在秋天树叶开始落的天空

十二只鸟全惊吓翻飞如疾风中的落叶

我只是再回忆再测试童年一个数学猜题

树上真的没有剩余一只鸟，只剩看不见的风


那时我就想，有一天会找到一只不惊吓飞走的鸟

同学少年都已离乡奔波轻车肥马各有一片天地

有几个听说已埋骨在异乡，访旧已半为鬼

那棵面包树旁边一直陪伴着一棵相思树

它幸运地没有被砍去烧成优质的木炭

父亲披着黑色披肩躬身在火炭窑，脸带焦味

他曾告诉我相思树是廉价的烧木炭最好的木材

相思树的花色像金黄稻穗香味如桂花漫漶整座山

树上的夫妻同林鸟，枪声一响也要各自飞

枪声与鸟声回响山谷，徒留树枝在秋天的相思与寂寞


站在相思树下，影子已斜成黄昏

人也近中年，才醒悟自己就是那只不惊吓飞走的鸟

在难熬的贫困中像那片不想掉下的

扇子似的象耳大的面包树叶，还在风中晃动

在听不见枪声的生活战场里训勉自己宠辱不惊


童年玩伴过节时多数镀金镀银结群还乡

高声说起城市里各色赚钱的规律与资本游戏

话声如铜币叮当如树叶噼啪，如归鸟吱喳

我扮演听众当鹦鹉八哥学舌应答，也不敢直说

自己就是那只没有惊吓飞走的乌鸦，还在坚持写诗

# 野姜花话语

你闻过雪色的真香吗？

在断桥下化作尘泥的雪梅

犹有香如故的那种香……

像在梦里闻到，它的记忆与基因

散发出原生于喜马拉雅山雪色的真香


我只是走在亚热带北回归线边缘

一个尚能高歌"原住民"古调的游子

在追逐红蜻蜓与萤火虫原生态的河滨

听见它们以雪色的真香向我说话

香味带着雪意，如流水流进淡漠的山色

夏末初秋濡闷，它似夜色轻临

以细雪纷飞中夹着清香，静止下来

是满山谷涧雪白的蝴蝶，微微扇动翅膀

是梦中的香气化为梦醒的白蝴蝶

还是白蝴蝶飞进梦里雪片纷纷


带着红色思想走远路的农民子弟的诗人

这梦已离得很远，远过春秋后战国的寒冬

一路上看过血红的枫与赭红的栾争论高度

鸠占鹊巢而乌鸦聒笑鹦鹉学舌，鸡耳听不懂鸭语

稻穗垂首看着刚冒出尖穗就被拔弃田边的稗


旧梦的碎裂声中听见新梦里的号角，这路

漫漫，疲惫地思考如何带出黄昏的曙色

徘徊驻足，细听它们以雪色的真香向我说话

在汗水未干的额头，泛起泪眼的雾

野姜花，迤逦漫开成梦里逆风翻飞的白蝴蝶

# 凝 视 光 斑

阳光把海面磨得光滑刺眼

记忆回转的石磨，以日轮的重量

磨出昨夜梦中斑驳破碎的光斑

在满月薄如镜的里面

惊见岁月在额头浮雕，或烙印的肤斑


时间如穿网的光斑

如穿网而过，雨点似的鱼群

雨幕外走远的雨声，想要捉却没能捉住

如捉不住雾，捉不住已落地的眼泪

捉不住声音，捉不住在月色中消失的影

这是一块白云从年轻的草原青青走过

云下的光影护送着云色的羊群

无人使唤走了五十年进入眼前光滑的海面

已是一块由箔金转铅色的黑云

手臂上也浮出一个相形相似的黑斑


这不是清朝囚犯的刺青

这是父母遗传下来的胎记

在额头相同的地方，日月印证

在西瓜园正午的劳动里，汗泽与光斑

留在皮肤的声音与味道


在那样的声音与味道里，五十岁以后

才更认真俯身写诗，想把文字像肤斑一样

以阳光印证在身上，入木三分力透纸背

如同面对人间各色埋首工作的人

或此生难再相逢，只能见一面的知己

# 初 啼

在这山村住了，住久了

就开始迷惑这草色与树的陷阱

这山村远看像一个鸡窝

夜晚的灯闪着蛋白

一粒粒地，如天空深处的星芒


如云层深处裂出一个月亮

邻居鸡窝里的鸡蛋，在冬春的温度

终于一个个裂出云色一样的小鸡

鹅黄与墨黑，雪白与金赤相间的小鸡

依偎着，紧随着母鸡走出了鸡舍

天空没有闪电，没有飞巡的老鹰

像在镜头似的窗口，岁月流苏般落水流过

似乎只为等待那只初成试啼的公鸡

忠于天职的啼出，比山顶的寺钟

还荡漾遥远的声音……


它生涩地啼出第一声，与世界同时

旋转这地球曙色，听见母亲呼唤

而回答了晨曦的一线金阳

如我第一天上小学，在操场上唱国歌

母亲在校门口听见了，我的初啼


忠于天职的少年鸡啊，尚不能预知

我也看不清的远方陷阱，不知哪一天

被人宰为桌上佳肴，睁眼回看瓷盘如鸡窝

既已初啼，岂能在意生死，如睁眼诵诗

能逼视闪电，也不畏秃鹰

# 酉来卯叶

——2019 年 8 月 24 日，受武汉大学邀请参加"两岸百年新诗传播与接受"研讨会。会后至黄梅游访佛教禅宗五祖寺，见匾额"酉来卯叶"，众人与传慈法师研讨其意，又见苏东坡水池题字"流响"，有所感，试以诗记之。


水声流逝，笔迹犹入木三分印在壁上

学李白拔剑，抽刀，断水水更流

听苏东坡竹杖芒鞋，渡河与佛印论经

话声犹在耳，水声已在心，问我

由何处来，何处去，水溶水，谁似谁？


我从海峡对岸沾着海风盐沫而来

向西追着酉时的落日与影子而来

赶在黑夜降临前，来得及点一盏灯

他酉东渡而来，在水声中，已卯时曦光

达摩祖师一苇渡江而来，而一花开五叶


从春分走向秋分的路上，已走过半生

常梦里不知身是客，醒来安禅制毒龙

想将那颗六祖慧能槌麦时绑在腰际的石头

缚在身背，再从秋分走回春分

忏悔罪孽，受苦消业，一个真而正的


安贫的无产者，在劳动中听经悟道

不立文字直指人心，即生文字

应力透纸背，入木三分，如屈原杜甫

余尘七分，如露亦如电，如梦幻泡影

三分是绝句与偈语，这人间诗者的宿命

# 树 影

树上搭棚闭修三年的禅宗老师父

这无产者，虚实辩证的先觉者

戒疤在阳光下结成真珠舍利

在月光与星光间半闭的眼神

看见鼻梁山脊下渡船似的唇沿


月光里夹系闪电的舌语

渡船缓缓解缆离岸，音如细流

开示三天，恍惚已过三个春秋

榕树浮出板根张开章鱼卷爪

是时收摄内敛后如开放的莲花

树影是阳光与月光的时针与拐杖

树的年轮刻划出季节涟漪，贴听水声荡漾

百年树身不是梦醒的南柯，叶片翻飞蝴蝶

在庄子的无用之树与悉达多王子

坐悟证道的菩提树之间，静坐聆听


仓颉造字惊天地泣鬼神，小心文字的双刃

勿误己伤人，知识常偏执为智能的障碍

诗是人间的悲欣交集，弘一偈语

诗人必须能在其间来去，如水溶于水

忘了自己，也不忘自己


宁只教化自己，或可感化别人

那指月的指，燃指的指

一别二十年，树还在，人已云游他方

徒留檀香余味，雨滴木鱼声……

树影，斜如袈裟披在我的肩上

# 荧光蜗牛

河水清澈，腐草无臭，落花犹香

蜗牛在此繁殖，生态蜗居

蜻蜓在此交欢，款款点水

残酷与聪明的萤火虫，以夜色以月影

以吸吮小蜗牛汁肉以飞出诱人的荧光


山路清静，露水无味，枫树泛香

阳光是隐隐诱惑的一条金线，穿过春天

准备再繁殖的大蜗牛，背着家屋

沿着金线走，留下一条银色足迹

树叶在风中急急呼叫，想预报什么

开车赶路的人，何以都如此匆忙如我

转弯处车轮碾过蜗牛，波的一声

阳光也破碎，家屋已支离

山路上开出一朵祭奠的血花

蜗牛银色足迹是月色下未死的泪痕


萤火虫持续趁夜色成群飞过山路

串成一条蓝色发亮小溪消失在夜海

逐渐腐化蒸发的那朵血花

留下化石一样不甘消失的碎壳

状如似笑似哭的嘴唇与牙齿


过路的鸟与狗，常来捡食后就不知去何方

盲目伸长探测触角，背着负债的家屋

在生存与生活中忙碌奔驰的人们

当有一天在转弯时听见那波的一声，是水是火

可要停下来看看，是否是预报的什么陷阱

# 听爆竹

梦走在记忆清醒的路上

如白云缓缓走在山顶，没有重量

走向深冬深处，没有雪

但比冰雪还冷的尽头

总是一直等待一声除岁的爆竹


谁听见两千多年前，春秋期间

除夕燃烧竹管哔破哔破响的声音

那是《诗经》里祭典颂歌中燃放的爆竹

那声音与温度，只为驱赶年兽与邪魅

节气与竹子的气节被延续两千多年

但人类的欲望不断增生增殖

从爆竹而鞭炮而炮火炸弹，而不断的战争

火药味弥漫至太空，军火商比政客忙碌

在除夕年关，无法让记忆往回走进梦境

清醒着，想再听见春秋时竹管的爆竹声


在那种爆竹声中，渴望和平

真的宁静，才能听见成竹吆喝老竹咳嗽

听见笋根稚子还在泥黑里往上吱喳

不知春笋未能破土听闻人间烟火

就被挖取做成喜宴上鲜甜的菜肴


在那种爆竹声中，会去想到

孟宗竹的孝，香妃竹的泪

会听见笛声清脆箫声低沉

听见迎亲与送葬的声音

从春秋一直延续至未来

# 相视点头而过

冬天与春天要在这个转角告别了
相依相舍，刚从我的左手走过右手
冷暖相知；我还走在失业的路上
从面包树林走向相思树林，山路上坡处
又和他们夫妻在这个转角相遇了

像季节一样准时，他们绕了一圈
日与夜相依，像唐朝的红男绿女
手勾手，甩开又勾上，如钟摆
我们相视点头而过，我微笑闷着；
我无意撞见的……他有外遇

这不能说的秘密，我想起

父亲验出肺癌时与医师保密的约定

散步时医师在父亲面前点头微笑而过

父亲想再跟上去问，又沉默地走回头

父亲一直装作不知道，不做化疗勇敢地走了


仿佛季节的来去悄然无声，冷暖相知

在人生的转角处，遇见他们夫妻，有说有笑

声音渐远……仿佛看着生与死相伴走远了

请看看他们头上树林的鸟，相伴啄食

大难来时各自飞，人生苦短，只剩现在


也许他已忏悔认错，她也原谅宽容

在春天容忍残冷等待惊蛰的时候

我回首再望，祝福他们，如同原谅自己

祝福执子之手，白首偕老，但我是匆忙的

我还得赶在春天来临前回到出生的地方

# 厚 薄

从春分走向秋分，心中得失

逐渐增加重量，如尘埃跌迭

返身，翻身反省，再从清明走到端午

在河滨看见竹膜似稀薄的初月

想到屈原厚土的情操与瘦薄的屈辱


视线外那条没有尽头的海岸线

时而如一线发丝垂在眼睑

用手拨开它，阳光如针刺

浪花飞溅如落叶，声音滚在远方

视线内这条看不见尽头的海岸线

在悬崖下，一条雪白的被直斩而下的刀痕

我如蚂蚁在刀刃上觅食行走

贴着海岸线与崖壁踽踽独行

海潮厚，浪花薄，影子长

阳光薄，云层厚，愁思深


在不变的光里，舞弄善变的清影

清晨旭日与黄昏落日如铜板一样厚

中午时听见它们交会互击铜锣的声响

清晨淡月与黄昏初月如纸贴一样薄

午夜时听见初更薄片似脆亮的梆响


"不眠听密钥，因风想玉珂"，月色忐忑

屈原上下求索走远了，海岸线没有尽头

换杜甫驻马在峭壁连叠的千门外，搔头看我

消薄的屈原与厚实的杜甫，在路上，在路上

时时敲击心中逐渐尘封的铜锣更梆

# 气　根

在路上，就有方向

坎坷走过的，泥土这条路

曾与父亲跪着插秧莳草

弯腰铲起牛粪堆肥，那种气味

只相信泥土与粮食的辩证是真理


没想过，也难相信，那也是美

没有泥土而花开灿烂，有鸟声

在虚空中张开生存的手指

抓住空气和水气维生

在虚无的夜中攫取星光的露水

阳光下滑亮的气根，如龙须

各色花朵是初醒的眼睛，如婴儿

这一丛悬在树枝间的万代兰

使我想起那位住在树上三年的老师父

阳光下瘦癯但发亮的骨肉，道发已盖住戒疤


柔弱的水终能穿透坚硬的顽石

虚空永不败坏，且无中妙有，他说

没有欲望，没有泥土也能开花，这丛万代兰

在路上，仿佛一盏灯亮在黄昏

在我唯物的泥土里开着唯心的花


仿佛要从泥块夹住的里面拔出锈蚀的锄头

从泥淖中翻身站起，想起那时

在父亲发亮的骨瓮前，跪下

如跪着插秧莳草，后面的路

是往后退走出来的，带着忏悔与省思

# 雾 峰

当年站在高峰上质疑太阳

不够光亮的人

与曾经被塑成雕像的人

像雾一样

消失在阳光中


没有重量的雾

没有脚印的雾

留下了影子

当年那些絮絮叨叨质询的声音

如流水潋潋……

漉漉的声音，在雾里雾外

潮湿的身体

裹着干涸的心

不冷不热的社会

已失去"冻省"的记忆


你是林家的祖魂吗？

听不见，你想说的抗日与模糊的祖国

我是你林家子弟的友人

在酒席中听他泣诉

在酒醒后不想忘记的历史


这里，曾经播下台湾文化的种子

与政治的秧苗

汗水浇灌，血泪施肥

收割的季节还没到

收割的人已埋葬在夜雾里

# 走出忧郁

少年维特带着罗密欧未死的游魂

走在凡·高割耳时听见乌鸦聒噪的夜空

走进陀思妥耶夫斯基赌徒似的囚房

他不想老但终于老成老了的托尔斯泰

没有投笔从戎也不再投笔从戎


在芥川龙之介与三岛由纪夫之间

看见川端康成的雪，与血

看见乌云在两座山之间熔铸成铁

铁成心肺之间一块阴影的重量

又浮现在远方海上一个不长草的孤岛

回忆的枯藤纠缠记忆的树枝

记忆的火车工农工农……

消失在政商集团围筑的隧道

阶级的仇恨紧邻地狱的狂歌

股票狂飙忽忽断崖下一堆废弃的卫生纸


瘟疫，瘟疫可以治疗更长的忧郁吗？

洗一次手喷一次酒精再洗手再喷酒精

洗不净赎罪的双手与酒鬼的气味

门把与锁头，长出病毒刺猬的冠冕

锁口的眼睛等待钥匙的匕首穿刺


失眠是那只永远打不死嗡嗡的蚊子

总想用力打开黑夜让阳光射进卧房

走出去，走出忧郁的自我走进自己的田地

自觉地在劳动与运动中自然地流汗

流汗流汗，流出心中那块阴影的重量

# 詹澈：从西瓜寮到腐殖层

## ——詹澈诗歌变化及其"五五体"

陈仲义

## 一、西瓜寮"守夜"

《詹澈诗选》是作者 25 年间的集萃，共收入 100 多首诗歌，分为 6 辑。台湾的乡土写作，多云集于笠诗社，除此之外，坚持大中华情结的土地诗书写，且数十年如一日者，所剩不多，詹澈是其中的一位，尤显可贵。有意思的是，比他大十岁的学长吴晟（同出屏东农专），扛鼎乡土大纛的诗风清实朗健，一路走来；两者创作轨迹颇多相似，我们在詹澈的身上，看到了血脉承续的发扬光大。詹澈起步于 20 世纪 70 年代末，严格说在 90 年代之前，基本还是属于热身阶段。不做晚成的探究，其打动人之处，是潮起潮落，东风西风，"我自岿然不动"，依然执着地"走在乡间的小道上"。他无意过多皈依现代意象思维，乐于起用朴实平白的语象——斗笠、蓑衣、稻草人的呼告，成全了他得心应手的"书信体"；防风林、山地娘、地瓜秧的絮叨，做成了施展叙事性的"家常饭"。

在压抑的岁月，作为土地与海岸的子民、凤梨与木瓜的代言，他义不容辞地书写村民的逼仄、苦难，用农家的底色、血性的仗义，裹满激愤与忧虑，吁求民主平等。一步一个脚印，沉着、扎实，从不打滑，甚或有点笨拙。风雨中坚持山地长跑，朝着既定目标。刚写出《手的历史》（1986），旋即点亮《海岸灯火》（1995），立马又率领《海浪与河流的队伍》（2003），浩浩荡荡，一如指挥万人渔农大游行。苦难至《余烬再生》（2008），平淡如《下棋与下田》（2012），为民请命的理想，化作一行行告白。1.65 米的瘦小身躯，经常喷射出如此炽烈的弧光：

土地，请站起来和楼房比比高低，

请站起来说话呀！

请向上天质问,

农民,是不是大地上,

最原始、最悲惨的人群?

触发基本的人权良知,引动深厚的家国情怀:"谁愿意把伤口再分割成左右 / 用农民的血清做抗体",一种相当坚定而清醒的体认。"海洋和陆地的民族 / 以海浪的灵魂 / 不要栅栏的生活 / 生命在陆地上摇动 / 生根。"稳定的根性表白,代表时代不可抗拒的潮流。即便在卑南溪出海口,那一点《顽石》,也"像一颗纽扣 / 紧扣两边的衣领",成为两岸民众的情感枢纽。

当理想的政治呼告告一段落,他开始潜入整个西瓜寮系列和东海岸系列的深处。西瓜情结,在蔓引株求的"光照"下,接连斩获收成。这是因为多年的生存困顿、底层摸爬、命运沉思,在生死与共的对象化中,统统化为生命的丰满与欠缺:"看见自己的影子缩成一块石头 / 看见刚受孕就凋萎了 / 毫无牵挂和执着的西瓜的雌花 / 飘扬着数以亿计 / 肉眼看不见的尘埃和花粉。"进入西瓜寮,他储满生活的叹息,叹息像蚕一样地吐丝,那是关于《支票与神符的讨论》、关于《子弹与稻穗》的担忧;走出西瓜寮,他面向石头和雾气,吟咏《星空的质疑》。当然,也时有《向月光坦白的伤痕》以及《影子在堤防边闪了腰》的情趣,这一切,都深深根植于那片遮风挡雨的土地。

　　东海岸，则是詹澈诗歌的另一摇篮。如果说，西瓜寮给予最初"点"的深入，那么漫漫海岸线则带来"面"的开采。水的胎记、岛的肚脐、海的鼻尖和黑痣，以及河流的队伍、海岸峭壁出鞘的刀……不啻简单的速写素描。同根同源的方块字，溢出地缘文化的悠远回声，又满载主体意志、精神品质的合一。在神话传说中，《八仙洞》《鸟石鼻》《三仙台》《琵琶湖》，吞吐着偌大的历史容量："比赭红还红的血迹"，涂抹在《台东赤壁》，流露出英雄气概的凭吊；"海岸线像母亲的妊娠纹"，把《陆连岛》的母体余韵，荡漾到现实的深处；"一切的峰顶，从初生向死琢磨"，一再《问鼎玉山》是为了表达某种人生高度的哲理；而"风要从夜海深出摩擦黄金"，是充满想象的夙愿还是寄寓多年的愿景……质而言之，东海岸系列，已经脱开了早中期西瓜寮系列斗笠般的"型构"，而加入了"地方志"的艺术充实。

　　千禧之后，在西瓜寮和东海岸的产床上，诗人再孵化出《兰屿祝祷词》系列，那是番薯藤与珊瑚礁的混交，沙质土与银飞鱼的和声。迷你猪、头发舞、盐和糖、红梗水芋、棋盘脚树……他把种族、生活、祈愿，以"年轮"的扩张形式播撒。未死的珊瑚，是"人类凹陷下去的脚印"，垒起的海沙屋，是"后现代的牢房"；芦苇的每一次死，都教小岛年轻一次；每一把火光下，都住有祖灵的根；与其说带波纹的小凤蝶"拉着弯曲的海流／拉着逐渐上升的海拔"是激情四溢的歌吟，莫如说是对民族精神的张扬；而屏风一样排列的飞鱼干——愤怒的裂齿和空眼，实则晾成了弱小族群的祭文。凡此，西瓜寮与东海岸，形成了地缘文化与族群文化相结合的特色。这样，詹澈就不再是单纯的吴晟，或带着吴晟影子的詹澈。血肉与泥土的真情、淳朴人格，人格与诗品的统合，有别于兄长的"青出于蓝"，在文化根性上的阔展与对现代生存感的切近，一个诗人开始成熟起来了。

## 二、叙情性成熟

成熟意味着较高的辨识度。从简介知道[1]，詹澈的遭际足以用长篇小说来容纳，故萧萧说他所面对的环境——彰化—台东—台北—台东，有着重大的迁移事实；他所面对的时代——农业时代—工业时代—后工业时代，佃农—农权运动者—政府官员，有着巨大的变异史实；他所面对的种族——彰化地区的河洛

---

[1] 萧萧：《詹澈：用革命的态度对待现实》，《世界华文文学论坛》，2005 年第 4 期。

人与客家人—台东地区的新移民与"原住民"——兰屿的达悟人，有着极大的改易现实，由此获取与众不同的优势资源与立足点[1]。萧萧意犹未尽，在后来的一篇序言里，斗胆抬出墨子类比。墨子作为春秋战国时期伟大的哲学思想家，创立墨派学说，对农民出身的詹澈的理念实践产生了重大影响，詹澈也在平等、群体、救世、择务、创造、力行方面，效尤先贤[2]。评价詹澈"效尤先贤"，没有错，但以醒目的标题做出《詹澈，现代墨翟》的"比肩"，是不是有失分寸？

客观而平实地说，詹澈虽多染指"民运"，但始终还是保持农耕、农运、农改"三位一体"的本色，这才是他的根本面目，也是他区别于台湾都市诗人、新古典诗人、超现实诗人、海洋诗人、浪子诗人、学院诗人等的分界，这是独特生活的馈赠与命运使然。

许多诗人不屑于写实主义，认为过于简单粗陋，其实是个大误解。主义不重要，重要的是，你是否能拿出标签下最有分量的干货。农耕、农运、农改全方位经历带出乡土、草根的绝对成色，必然构成写实的全面驱动与展开。这一源头当可追溯

---

[1] 萧萧：《詹澈，现代墨翟》,《下棋与下田·序言》,（台北）人间出版社，2012。

[2] 朱立立、杨婷婷：《台湾左翼诗人詹澈创作论》,《华文文学》, 2016 年第2 期。

附录 詹澈：从西瓜寮到腐殖层——詹澈诗歌变化及其"五五体"

到百年前刘半农《相隔一层纸》（1917）、刘大白《卖布谣》
（1920），及至后来的臧克家、田间、艾青。国难当头、群族争斗，
这样的写实怎么可能不与政治、社会、历史、组织产生千丝万
缕的联系？"躲进小楼成一统"根本行不通。存在决定意识。
不可否认，詹澈全身的基因、遗传密码与稻秆一起倒下的骨骼、
同韧带一起重生的瓜藤，经由诗性心灵的耦合，形成引蔓求株
的长势且如鱼得水。许多人不能写的题材，他写（《贫农洪梅》）；
许多人不屑于写的事物，他写（《西瓜苗》）；许多人不愿碰
及的心病，他写（《绿岛》）；许多人无视的东西，他能看见
（《蚊影或牛筋草》）。在现实主义"老旧"的枪管上，他安
装的不是消音器，而是加长了来复线，增大了弹道口。这类作品，
不可避免带上意识形态色调，却是符合历史趋势与人心向背。

　　这正是詹澈在台岛诗界的"稀有"性：始终持有大中国诗
观及汉语家园意识，企求将此在的家与彼在的家整合为一，而
摒弃狭隘的族群意识以及愈演愈烈的所谓本土化思潮，其超越
时代局限的远大胸怀，已成为其诗歌精神的标志[1]。自然，与
政治过分捆绑，经常会出现直截式呐喊，有时顾不上"掩饰"

---

[1] 朱立立、杨婷婷：《台湾左翼诗人詹澈创作论》，《华文文学，》2016 年第
　　2 期。

或做艺术"化解"。当诗人詹澈放弃急切、焦虑的表达冲动，淡化长久坚固的意识理念，转而在人情隐秘之处觅得一丝缝隙，那种无技巧中的机巧就汩汩流泻出来，清新而得体，像《坐在共认的版图上——致沈奇》：

> 坐在共认的、共震的版图上/最靠近曙光和海浪的东海岸/我们，却是山里来的孩子/不想埋骨在深山/也不想在海上随波逐流/坐在地球边缘/在秋分和重阳之间/看见一朵云散发异彩/形似飞天女神，从敦煌壁画飞出/拉着一条细细的丝线/一条逐渐放大的丝路/经过你的故乡西安/飞向太平洋/把泡沫和阳光留在口袋/把海沙和海浪装入行李/回去种植，像肥料或盐一样撒下去/在会下雪的大地/记忆开始发芽/例如阳光生长着影子/诗生长着诗论

詹澈淳朴、笃实，拒绝游戏，平民语调充满真诚、坦荡，不事拐弯抹角，不适深度意象，也不太做隐喻象征。从一开始，不管卷入《春风》《夏潮》抑或《鼓声》《草根》，其背后都仿佛跃动着笠诗社长长的"即物"之手，直取物象核心。下面是物象思维与物语表现的典型段落：

番薯,又名地瓜,旋花科

生存力强,耐干、耐旱,

沙地、荒地可生长

在黑暗中长大

被逃难的脚践踏

又去喂逃难人的肚子

——《写给祖父和曾祖父的诗》

可以归入"即物主义"的探求,也可以当作一种"诗性现实"。

即物,首先是对对象采取近视直观态度,一种"贴身紧逼"的

直观手法。它要求一下子抓住对象最突出的特征属性,和盘托出,

保持原在面目。而后再以纯然本真的语词进行固化,去除修辞

造作,防止主观滥情,达成"格物致知"。的确,詹澈较少运

行意象思维,也不刻意经营,通常是将直观的物象做即物处理。

直观的物象、语象,不等于简化线性,乃是一条通往隽永的高

难之路。像"明月松间照,清泉石上流"就永远代表着诗歌"清

水芙蓉"的一面。不同的是,詹澈无意也无缘于隐逸,而是直

面惨淡现实,以物象、物语告白人生,同时,扩大"叙情"成

分或拉长"叙情"的基调。

所谓叙情是以叙述性为主、抒情为辅的综合方式。叙述带

动场景、情节、事件、细节（完整的或碎片的），并夹杂抒情元素，相对减少抒情成分而有意增大诗作容量。上述地瓜物象在与父老前辈影像叠加中，就迅速移植为日常诗性。不难看出，物象、物语加上叙情基调，共同打造詹澈充满泥土味、长短错落的"歌行体"（适合较长编制），后来则演化为比短小诗松散，比中诗略为缩微的"格式"，即相对规整的"五五体"。

但也不是说詹澈只会在现实的平面亦步亦趋。余光中就曾指出，《堡垒与梦土》的诗意全在虚实之间迂回前进，战争在童话的背后演习，"超现实"的惊骇效果可入达利恶魔的画面。当然，这只是偶尔出格，改变不了整体切实、务实的处世；不事雕琢的作风，与他泥手泥脚考察福寿螺一脉相承。即便有时不免粗糙，不太讲究技艺，但他的诚恳、真切，他的爱憎分明，借叙事以抒情的"叙情"基调，使得台湾真正的乡土写作，不自围于孤岛意识，而有着开阔前景。在写实精神越来越稀薄的区域，他的草根、在地、家国情怀，他的忧国忧民、底层经验，晓畅抱朴的诗风，不讳、不忌、不惮典雅与艰涩的双重哂笑，一路小跑着或径直走下来，自成一方景色。写到这里，忽然冒出一个扭转念头：前面萧萧教授曾授予他"詹澈，现代墨翟"的封号。我想，最好还是回归到诗人本位上，不妨改称他为"臧克家的台湾传人"，这或许更为瓷实一些？在台湾现实主义的写诗维度中，詹澈立起了一个重要地标。

## 三、腐殖层发酵

沈奇曾经指出，因强烈的意识形态情结和载道意识的促迫，詹澈的诗歌创作长期在思与言的矛盾冲突中摆荡，难以顺畅抵达艺术上的完善，导致诗质比较稀薄[1]。但随着时间的推移与他的稳定前行，人们就得摘下有色眼镜。假令说"西瓜寮"孵化出詹澈第一次突破，全面清除发声期的过于直白、松散和累赘，把原汁原味的草根、原乡、在地精神、元素，熔铸成有模有样的乡土知音，那么，经过 20 年腐殖层深化，到了《发酵》阶段，则渐成独此一家的"詹记"，可谓水到渠成。除了熟络的三大对象——本省籍农民、"原住民"、外省老兵，一以贯之的题材——历史 / 现实、战争 / 和平、彼岸 / 此岸、城镇 / 乡村、贫困 / 富裕、物质 / 文明、发展 / 生态等还在不断拓展，诗人开始减弱对宏大事物的直接"叙情"，转而在细小事物上"把捉"，这是艺术突破的起点。

---

[1] 沈奇：《赤子情怀与裸体的太阳：论詹澈》，《诗探索》，2009 年第 1 辑。

"他一面翻动一面嚼槟榔／久不闻其臭，仿佛闻着香气，像是吃臭豆腐／像食物在胃里消化，各种微生物／像面粉揉成面团蒸成馒头，白米蒸成红发粿。"把个《发酵》过程的阴暗面全部颠覆过来，4 种食品细节，简直让旮旯之角的腐殖土变成色香味俱全的盛宴，这在詹澈以往的作品真是难得一见。《女裁缝的二胡》，多么美妙的二重奏：脚踩缝纫机，想起插秧机嚓嚓前进的声音；秧苗插进泥土，她压平针脚上下的布面。乡村与城市的关系"一台是老式的脚踩机，一台是新式的电动针织机"。通过贴切形象的比喻，可以感受到诗人对时空转化与驾驭的圆熟。《调整果枝》写道："这枝条，像弓弦，不能太松也不能太紧。"诗人将修剪枝条定调为人际关系中的"均衡"，用心处理，勿急勿缓；也像生态环境，求取和谐平衡，处处借细微农事而做人生思考。《思考蹲坑》：从蹲式便池到坐式马桶——一个日常细微动作的演变，引发诗人深入掂量：在现代文明席卷世界、遍布生活各个角落后，人们是否还要重温"蹲"的意涵：保留尊严、平等与耐性？

还有，"当城市伸展四肢向乡村挤压／乡村是变高了还是变瘦了？高速公路穿心而过"（《另一对邻居》），忧虑现代性带来不可避免的负面。还有，鸡们狗们小黑们，它们的惊叫，常常以诗的考题提示我"如何在饥饿中保持清醒"（《追逐的叫声》），时时不忘自我磨砺与修为。其中，《这也是一种节奏》，同《发酵》一样，是此阶段绕不过的力作：

父亲要蹲下去挑西瓜时，我抛给他一个

他抬头顺手接住，影子压在它的扁担

没有重量的，像他背后山上的云

他仿佛要挑起那两堆乌云

挑起乌云下的两个馒头状的山峦


他放下扁担，看着我，想说什么

西瓜园又在他四周扩散出一畦畦瓜叶的涟漪

像他微笑的皱纹，今年，价格与产量还好

价格与产量，像扁担挑着两个空箩筐

要怎么在心理平衡，我们没法支配

但我们知道，挑起西瓜时的平衡


右手在前紧握前绳，拇指向内，固定双肩距离

左手向后紧抓后绳，掌心向外，调整方向

双臂保持半垂的八字与 S 形

用八寸丁字步，固定步伐向前走

扁担，用老成麻竹削成弹性与韧性

一步一摇，一步一摇，扁担有节奏地起伏

老麻竹的韧性，有时会发出细细的吱吱的声音

像地底蟋蟀振翅或树梢上的蝉鸣，或深夜的雨滴


或是自己身体深处骨骼关节摩擦的声音

汗水与身垢，在扁担中间磨出一节黑油黑油的颜色

与麻竹的味道糅合着，有粽子煮熟的香味

它也是一种节奏，如季节那样有声有色；当我弹着

自学自唱的吉他，想起父亲去世前西瓜寮

吃铁便当时，筷子碰铁盒叮叮当当的声音


第一段，聚焦在一个"挑"字的动态上，经过"前准备"（蹲、抛、接、压的热身），构成挑的轻（云）与重（山）的对比，给出一种生活既沉重又不乏轻松的"晃悠"节奏。第二段，承接生活重担下的心理：茫然困扰（价格与产量摆荡所致），外显为瓜叶涟漪和嘴角皱纹交织的苦涩，有如挑着两个空竹篮的不平衡，是相当出色的心理描绘。第三段，表面上大讲挑的精准姿势：手臂、指法、腰身、步态所合成的"节奏"，实质上暗指如何在歉收、

亏损、落难中保持某种平衡（感觉原来比较古板的詹澈，现在变得聪明多了）。第四段，以老麻竹扁担发出细细的吱吱声，联想四种声音（蟋蟀振翅、蝉鸣、深夜雨滴、关节摩擦），一起指向韧性的节奏，显然詹澈采用了博喻与转喻的方式。第五段，继续进入扁担的细节：黑油的色泽、熟粽子的味道，由此勾起弹唱吉他，与父亲同吃盒饭，筷子碰触便当叮当作响的情景，一幅苦中作乐的画面油然而生。

整首诗主旨鲜明，血肉丰满，富有层次，意蕴悠长。抓住日常农耕生活中一个经典动作，连带它的工具（扁担）与效果（节奏），投射出对生活的理解。隐去从前直来直去的宣泄、强烈有余含蓄不足，在浸透细节化的感性体验中，丰沛的主体性把对生活、生存、亲情的领悟，巧妙融化在文本经纬中，从容而淡定。尤其让人感佩，五段展开式，轻松地把一个抽象的节奏写得质感十足，且细化为五种形态——晃悠的自然节奏、压力下的停滞节奏、保持心理平衡的节奏、品格坚忍的节奏，以及温馨的生活节奏。节奏代表一种生活、一种人生。祝贺詹澈这一长足进步。

及至晚近，詹澈又上了一个台阶，《归乡与乡愁——焚祭余光中教授》写得情真意切，是詹澈诗中的上品。思绪中的左右、东西、你我、内外矛盾碰撞，比之过往的单纯、线性发展，有了相济相生的纠葛，不能不让人刮目相看。

## 四、"五五体"商榷

《发酵》诗集除了贡献一份艺术长进成绩单，詹澈还实验了他的"五五体"（5×5行）。五五体的初衷，是基于为自己常写长诗寻找一个比较固定的"方框"：为新诗的灵魂寻找一个健康适当的身体，为其身体裁制一件适身的衣服，为创作旅途找一个安住的旅店[1]。甫一出手，詹澈立刻受到嘉奖。2018年第1期《世界华文文学论坛》刊发两篇文章。一篇是谢冕的支持："这一诗体在从容有序中贮藏和蕴蓄更多的内涵，充分的鲜明的中国元素使它丰腴而蕴藉，它维护了诗歌的节奏感，是文化中国的一次认真的诗歌实践。从效果看，詹澈这一谨慎而认真的'试写'是值得肯定的。"[2]从中我们可以读到谢冕老师全力支持的立场与态度。另一篇是王珂，更是大加点赞：大致做到"节的匀称"和"句的均齐"，像赋的"铺陈扬厉"，可称为"赋体新诗"。可以让诗人很洒脱地状物写情，诗句的容量大大增加，诗情也随着语言的铺陈得到巨大的增殖。这种"匠心"的"独具"性和"苦心"的"经

---

[1] 詹澈：《发酵·后记》，光明日报出版社，2017，第177页。

[2] 谢冕：《詹澈的诗体实验》，《世界华文文学论坛》，2018年第1期。

营"性，在当今诗坛都是少有的。詹澈的"五五诗体"正是王尔德所言的"极力铺陈的一种强烈的形式"，也是一种颇为成功的"形式"。值得赞扬，也值得推广[1]。下面，我们做一下推敲。

"五五诗体"即每首诗五段，每段五行，不超过五百字，不押韵，五段中或五行中可各作起承转合或变与易，在整首诗的第三段较好转易，或第三段第三行可做诗眼轴转，虚转实、情转境、境转意、哀转怒等，配合木火土金水、东西南北中、喜怒哀乐悔、贪嗔痴慢妒、春夏秋冬、七情六欲、五官六识，等等。[2]

题为《试写"五五诗体"》的后记，应该说詹澈自己还是比较谦虚的，多年实验一直以"试写"谨慎自称。他心里清楚，成功创造一种诗体得走多少回蜀道。五五体的内涵明摆着：其一，以"金木水火土"作为立论基础，这样的立足何其雄厚: 远溯《尚书》的九畴（禹治天下的九类大法）之首便是"五行"，而九州岛华夏所通行的语用模式也多以五行当道，如此文化哲学根底可谓固

---

[1] 王珂：《现代汉诗的现代诗体的成功实验：论詹澈的"五五诗体"》，《世界华文文学论坛》，2018 年第 1 期。

[2] 詹澈：《发酵》后记，光明日报出版社，2017，第 179 页。

若金汤也,于是5×5行的体式便应运而生。但且慢,"金木水火土"的最大属性,是它们之间相克相生、相激相荡、互放互束、互冲互和的缠绕性结构。严格地说,5×5行的诗体还很少能体现"五行"的内在实质。这样的诗体,是不是让人有些"空壳""外在"、为寻求外观上的统一而勉为其难地外在于冠名的感觉呢?

诗人解释说,"五五"分别对应了人的五蕴五欲、五常五官,以及宇宙自然的5种元素。世界上能够产生对应的数字多着呢。从源远流长的《洪范九畴》抽取9,不是可以制作9×2=18行、9×3=27行……的格式吗?从"三生万物"的原则出发,可以继续制作数倍于3的6行、12行、24行……的远航?从八卦的8出发,整出完善的8×8=64行,同样轻而易举。故依据深厚的"语用模式",抽取某种"数位"进行演绎,徒有简单的表面形态,缺乏坚实的内在逻辑基础,抬得再高的成功诗体都可能陷入孤家寡人而最终流产。其二,五五体的最突出点,是规划第三段以及第三段第三行作为"转折"所用。事实上,这说不上是什么特点,因为转折在任何诗作中可说无所不在。所谓的转折,打扮得再机智、再巧妙,也逃不过咱老祖宗那个"起承转合"的如来手掌,谈何特色?进一步追问,除了"转折"关系之外,难道就没有建立起其他关系空间的可能性吗(诸如因果、条件、连锁关系等）？这样一来，过于宽泛的"无规定性"，怎么可能一下子就造就出一种成熟诗体呢？

众所周知，坚固不朽的诗体是建立在其内在必然性之上的。典型如四句体（起承转合符合事物发展规律，无法撼动，所以"绝律"天长地久）。其次是具备独特规定性：文艺复兴时期的"彼得拉克体"，是按四、四、三、三行排序的，每行固定 11 个音节。莎士比亚改为四、四、四、二编排，押韵格式为 ABAB，CDCD，EFEF，GG，自然也长久不衰；日本俳句起源于 15 世纪，它严格遵守两个规则：①由五、七、五三行 17 个字母组成；②句中必有 1 个表示春、夏、秋、冬及新年的季节用语。再回看当下有人写的"新绝句"，在雷打不动的 4 行里，由"一三、二二、三一、四〇"组成 4 种格式，且规定一行中由 3 个短语短句缀合。看起来也比五五体来得严格一些，但就是这种粗放的"新绝句"，要获得公众认可，还要走很长的路，不可能一蹴而就的。同时，叫人担忧的是，在相对偏大的容器里，本来该压缩的部分行数，因体量不够而容易酿成"泡水"，本来需要减肥的却为"凑数"不自觉放弃减肥。而诗，本来就是减法的艺术！再说，既然"金木水火土"五行未能给出内在的关联性，那么与之相邻的体式——比如五四体、四五体、五六体、六五体，有什么理由不揭竿起义，纷纷出笼呢？可是，都出笼呢，岂不是满天下都变成"无诗不体""无体不诗"的泛滥？我想还是谨慎再谨慎一些为好。

起承转合主要是一种线性结构，4种要素分别对应4行的体式，内形式与外形式高度和谐统一，双方都容易安家落户，相安无事，更是通行无阻；而"金木水火土"是一种非线性的关系结构，5种元素之间充满复杂的纠缠性，内形式与外形式很难取得高度和谐统一。最终我们看到的可能是一种假象：每次外形式的5行外表，都穿戴得齐齐整整，或错落有致，从未被捺下，但内形式的5种元素，多数时候只是2种元素间的表演。

原谅区区过于苛刻与追逼。对于批评家来说，防止因应鼓励大胆实验而草率高抬；对于诗人来讲，无数碰壁之后仍需重聚不惮打击的勇气与坚忍不拔的智慧。

詹澈，试写"五五体"，任重而道远。

（原载于《作家》2021年9月；收入本书时有修改）

# 试写五五诗体

我离开生活了五十年的台东寄居新北市新店已十余年，五年前提早办退休开始领微薄的劳保退休金，过着节俭的三餐尚能温饱的日子，却有较多时间与精力读书并审视自己诗的创作。

至 2017 年新诗发展一百年之际，更惊觉新诗发展的疑义还在持续。本想一个创作者可以不理会诗论的差异与歧义，写自己喜欢、自己想写的形式，自娱自赏即可。但当自己重读从诗经楚辞汉赋唐诗宋词元曲等，又觉得一个诗创作者要有成就，不能不知诗史的发展，且要广阅各种风格的诗，更须广阅诗以外的知识，关心诗以外的人间世事。想成为有成就的诗人，应该是要如此自许的，古今中外有成就的诗人都是如此，愿以此与同道互勉。

近十年来的生活，除持续参与反莱猪、保钓、"秋斗""白色恐怖"受难者秋祭与春祭、农业供应链标准化等活动，大部分时间都用于读书写诗。唯有诗歌是自己安静清净的方寸之地。

最近读中国古典诗比较多，觉得古典诗一直有一定的形式与韵律，尤其是唐诗在科举的制约下，绝句与律诗的规范及押韵更加严格，因为要有共同的标准规定才能公平竞争。大家在有限的文字规范内发挥自己的才华，似乎有其道理。正是在这样的方方正正的规矩内，产生了中国诗歌的盛唐时代；也因为配合规范与押韵，反而创作出不少令人惊奇的诗句与意境，尤以杜甫的律诗为最。这像是在三公尺四方的空间内比武，各出奇招比出胜负，功夫好的话应能在规范限制内出奇制胜。因此，形式规范不是影响一首诗好坏的主要因素。

吊诡的是，有形式规范的古典诗纵使是"坏诗"，现今读者也普遍认为它还是一首诗，但一首白话口语诗如果写不好，读者普遍会说它不过是散文的分行，读之如同喝白开水，淡而无味；也有读者将读不懂的、碎片化的、有句无篇的现代诗说成是好诗。而古典诗与现代新诗，经常被传诵的也只是其中几句，导致诗的创作者都想语不惊人死不休，甚至强词添句以为愁，都是在寻觅一首诗所谓诗眼的好字句，这是诗为文学形式中最精简文字的必然与无奈，但也往往使诗人在持续寻觅好字句的执着或偏执中，忘了写诗是为了思考什么，模糊了诗与人、诗与自然、诗与时代社会的有机关系，而在纯粹的文字间、在学问知识与文字间做无机的创作，逐渐感觉不到诗人自己或大众的呼吸、体温、情感与思想，甚至在众多意象碎片化的交错里，都似翻译的现代外语诗，相似度很高，读不出作者的个性与风格，读之如同嚼蜡。

有的诗人喜于故意在诗里布下与普通读者间的文字障，久而久之，诗反成为他的文字障，这是我的经验与思考，也是我常警惕自己的。毕竟，我还是一个无法不考虑大众阅读的诗人，一直认为诗应适合大众朗诵或阅读，可能因为我一直耿耿于怀的是自己不识字的母亲与小学毕业的父亲和兄长，或广大的工农朋友。

犹记得 1978 年我在草根诗刊发表了一首《洗衣的妇人》，是写我在屏东读书时租屋附近一位洗衣妇，她托我写信给她在金门当兵的儿子说阿母平安，但她还不知或已忘记她儿子已死了，我不知如何写信。当时的记忆与写诗的思考一直梗在心中，写诗时总希望她也能听懂。今年有所感，又写了一首五五诗体的《洗衣妇》，收在此集中。

听说，白居易常念诗给老妪听看是否听得懂。他认为，文章合为时而作，诗歌合为事而作。他与杜甫是唐宋元明清八百年诗歌写实诗风的代表，没有他们，诗史会失去大半江山。古典诗，在如诗神般的屈原之前，《诗经》是风格最多样的反映各阶层（包括底层农民）声音的诗选，被儒家尊为"六经"之一。以我的阅读经验，《诗经》里那首直接讽刺批判税官的《硕鼠》更令人佩服。汉朝的古诗与乐府，也有不少反映民间疾苦的，至唐宋以后的诗选就几乎没有底层人民的声音。唐诗三百首只选《贫女》一首，除杜甫《兵车行》与其他几位诗人的几首边塞诗写战争之苦，余皆是个人的悲欢离合与喜怒哀乐。宋词三百首更是如此，除了苏东坡、柳永、陆游与辛弃疾，更多的是儿女情长与风花雪月堆如冢。唐以后，在专制与科举的限制与影响下，山水与人文成为中国古典诗与画的主要风格，缺乏对广大底层人民的叙述与刻画。直至元代才又产生了大量反映平民底层大众生活、批判朝廷施政的词令，例如，刘致的散曲"剥榆树餐，挑野菜尝，蕨根粉以糇粮，鹅肠苦菜连根煮"，以及无名氏的"官法滥，刑法重，黎民怨。人吃人，钞买钞……"这样的长短句，随着时代的演变，至民国以后，必然会产生白话口语诗，产生媲美白居易《新丰折臂翁》的、写不堪战争征兵而自断手臂后痛苦生活的诗，产生了袁水拍的《老母刺瞎亲子目》。

随着时代的发展，新诗在语言形式与内容上势必要有变化才有足以承载时代能量，从五四新诗到抗战诗到朦胧诗到现代诗莫不如此。应再发扬《诗经》与《楚辞》的风格与精神，写实的作品，尤其要写民间疾苦。近十年，我持续创作试写"五五诗体"，已出版的诗集《下棋与下田》《发酵》中试写的两百余首"五五诗体"，加上即将付梓的《方寸之地》112首，应可与2004年出版的《绿岛外狱书》（上下册）368首相辉映。

"五五诗体"的创作动因与内涵，在《发酵》后记里已有叙述，这里不再赘言。只再说说创作"五五诗体"，只是想收敛自己长期以来写长诗动辄百余行的习惯，逼迫自己在五段各五行共二十五行不超过五百字内创作，是想为自己诗的创作或新诗百年游荡的灵魂找一个健康的身体，为新诗尚虚弱的身体裁制一件衣服，在五百字内希望写出一种一本长篇小说或影音动画也难以说尽的意境（诗基本上是直指人心的非虚构的真实，小说基本上是叙事的虚构中的真实）。

当然，我的新诗早年源于西方的十四行诗体，仿日本俳句的三行体，也有近年的"截句"四行体（我也出版了百首"截句"诗集），又有六三、三七或四六、五三等句段形式。就个人创作经验与阅读他人作品的感受，似都难于像我创作的"五五诗体"。"五五诗体"以中华文明阴阳五行为基础，在第三段或第三段第三行适合安排一个转折点与平衡点，当然，这也只是我个人创作的心得。唐代律诗基本上也是在第三、四句表现情境与意境的转变，而整首诗还是有着起承转合的节奏。

抱着一个希望持续试写"五五诗体"，并不期待会有多大影响。自知一个诗体的演变与流传，都需要一二百年。即使现代信息传播更快，是否会缩短时间也非作者主观意愿可以安排的，只待时间与客观因素自然成形。每首诗的创作中，每个字都是应尽量不重复，这是字句的减法，但诗体的演变规律是会随着时代、随着文字载体或语言内涵的变化而逐渐增加字句。唐朝绝句、律诗至宋词元曲的长短句，再到民国白话诗与叙事诗就是如此。从甲骨到竹简到纸张再到今日的手机屏幕等文字载体的变化，也会影响诗歌的创作与传播。至今我创作的"五五诗体"诗已超过两百首，还无法如我的理想般地在每首诗创作中应用自如，只能尽量避免为形式而形式，又不失诗的质量。

其间也陆续有百行以上长诗的创作，但未收入此集中，待些时日，再整理成长诗专集出版。

写诗的动机与意义，不管是内省的个人主义，还是外察的写实主义，越来越觉得都只是在教化自己或能感化别人，犹如做田与坐禅，愿有志者互励互勉。

2022 年 7 月

图书在版编目（CIP）数据

方寸之地：五五诗体一百首 / 詹澈著. — 北京：九州出版社，
2023.4

ISBN 978-7-5225-1708-7

Ⅰ.①方… Ⅱ.①詹… Ⅲ.①诗集－中国－当代 Ⅳ.① I227

中国版本图书馆 CIP 数据核字（2023）第 047201 号

## 方寸之地 ： 五五诗体一百首

| 作　　者 | 詹　澈　著 |
| --- | --- |
| 责任编辑 | 张万兴　姬登杰 |
| 装帧设计 | 李永刚 |
| 出版发行 | 九州出版社 |
| 地　　址 | 北京市西城区阜外大街甲 35 号（100037） |
| 发行电话 | （010）68992190/3/5/6 |
| 网　　址 | www.jiuzhoupress.com |
| 印　　刷 | 鑫艺佳利（天津）印刷有限公司 |
| 开　　本 | 880 毫米 ×1230 毫米　32 开 |
| 印　　张 | 8.5 |
| 字　　数 | 156 千字 |
| 版　　次 | 2023 年 4 月第 1 版 |
| 印　　次 | 2023 年 8 月第 1 次印刷 |
| 书　　号 | ISBN 978-7-5225-1708-7 |
| 定　　价 | 68.00 元 |